封面设计
亦由彼得·门德尔桑德操刀

彼得·门德尔桑德是克诺夫出版社（Alfred A. Knopf）艺术副总监，万神殿书局（Pantheon Books）艺术总监，曾是一位古典钢琴演奏师。他的设计被《华尔街日报》形容为"当代小说封面中最有辨识度与代表性的设计"。现居纽约。

当

阅读时，

我们

什么

当我们阅读时，我们看到了什么

WHAT WE SEE
WHEN WE READ

PETER
MENDELSUND

[美]

彼得·门德尔桑德 著

应宁 译

北京联合出版公司
Beijing United Publishing Co.,Ltd.

当我们阅读时，
我们看到了什么

[美]彼得·门德尔桑德
应 宁 译

图书在版编目(CIP)数据

当我们阅读时，我们看到了什么 / (美) 门德尔桑德
著；应宁译. -- 北京 : 北京联合出版公司, 2015.6 (2023.9
重印)

ISBN 978-7-5502-5140-3

Ⅰ. ①当… Ⅱ. ①门… ②应… Ⅲ. ①文学－关系－
阅读－研究 Ⅳ. ①I0-05

中国版本图书馆CIP数据核字 (2015) 第080370号

What We See When We Read

by Peter Mendelsund

北京市版权局著作权合同登记 图字：01-2015-1324 号

出 品 人	赵红仕
选题策划	联合天际·文艺生活工作室
责任编辑	李 伟
特约编辑	邵嘉瑜
美术编辑	程 阁
封面设计	彼得·门德尔桑德

出 版	北京联合出版公司
	北京市西城区德外大街 83 号楼 9 层 100088
发 行	未读 (天津) 文化传媒有限公司
印 刷	北京雅图新世纪印刷科技有限公司
经 销	新华书店
字 数	140 千字
开 本	889 毫米 × 1194 毫米 1/32 14.25 印张
版 次	2015 年 6 月第 1 版 2023 年 9 月第 2 次印刷
I S B N	978-7-5502-5140-3
定 价	88.00 元

关注未读好书

客服咨询

献给我的女儿

命题是现实的图画。

命题是我们想象中现实的模型。

——路德维希·维特根斯坦，

《逻辑哲学论》

我想我永远不会忘记初次见到赫邱里·白罗时的感
觉；当然，到后来，他那个样子我已经看惯了。但
是，一开始的时候，我感到惊愕……我不知道以前
我想象中的他是个什么样子……当然，我知道他是
外国人，但是，我没料到他的外国味那么重，你一
定明白我的意思。当你见到他的时候，你只是想哈
哈大笑。他就像是个戏台上或者漫画里的人。

——阿加莎·克里斯蒂，

《古墓之谜》

写作……就是另一种对话。因为但凡明白自己正与有识
之士交谈，就不会冒失地无话不说；同样，凡是明白须
如何恪守礼貌教养的作家，亦不会妄称无所不思：你能
对读者的理解力表示的最切实的尊重，便是好心地将
（写作）这件事分成两半儿，留一点东西给他们去想象，
反过来，他们也能留一些想象空间给你。

——劳伦斯·斯特恩，

《项狄传》[1]

幻想，这骗人的妖童，不能老耍弄它盛传的伎俩。

——约翰·济慈，

《夜莺颂》

画 "画"

我可以从莉丽·布里斯库说起。

莉丽·布里斯库——"有着一对中国式的小眼睛和一张皱巴巴的脸"——是弗吉尼亚·伍尔芙的小说《到灯塔去》中的主人公之一。莉丽是一位画家，整个故事中她一直在画一幅画，画中拉姆齐夫人坐在窗边为她的儿子詹姆斯朗读。莉丽将她的画架立在外面的草坪上，在她作画时，各色人物在房子周围闯进闯出。

她唯恐被打断，唯恐有人在她专心致志的时候分散她的注意力，想到有人会上前询问她的画，她简直受不了。

不过，善良可亲的班克斯先生漫步走来，观察着她的作品，问她想用"那个紫色的三角形用意何在，'就在那边'"。（那其实是拉姆齐夫人和她的儿子，尽管"没有人会说那东西像个人影儿"。）

那末它象征着母与子——这是受到普遍尊敬的对象，而这位母亲又以美貌著称——如此崇高的关系，竟然被简单地浓缩为一个紫色的阴影，他想……

母与子：被简化了。

***

我们从未见过这幅画（弗吉尼亚·伍尔芙小说中莉丽画的画）。我们只是被告知关于它的描述。

莉丽所画的场景，是要求作为读者的我们去想象的。（我们需要想象两个画面：场景本身以及它被画成的样子。）

***

不如就从这儿谈起：从莉丽的画开始，从那些图形、墨迹和阴影开始谈起。这幅画是莉丽对眼前场景的解读。

我看不见莉丽想要捕捉的场景。

我看不见莉丽本人。她在我的脑海中，是一个难以辨认的神秘符号。
场景和其中的主人公都模糊不清。

不可思议的是，这幅画却似乎……更生动了。

***

虚构

"从书中拣出的无数个杂乱无章的念想，
涌入了他的幻想。"——《堂·吉诃德在他的书房》

当我们阅读时，我们看到了什么？

（除了纸上的字）

我们在脑中描绘了怎样一幅画面？

有一个故事
叫作"阅读"。

我们都知道
这个故事。

这里要讲的
故事是
关于"画面"，
以及"画画"。

阅读这件事，是一种关于记忆的事。我们阅读时会沉浸其中，愈是沉浸其中，愈是难以在此时此刻用我们的分析思维解读令我们专注的阅读体验。因此，当我们讨论阅读体验时，其实是在讨论过往的阅读记忆。*

而这种阅读记忆其实是一种虚假记忆。

* 威廉·詹姆斯[2]把徒劳地内省自己意识的行为形容成"试图飞快地打开煤气灯，看看黑暗是什么样子"。

当我们回忆阅读
一本书的体验时，
我们想象到
一串连续展开的图像。

例如，我记得阅读
列夫·托尔斯泰的《安娜·卡列尼娜》：

"我见过安娜，我见过安娜的房子……"

1

2

What

WHEN

Vinta
MMXIV AL

我们想象中阅读的体验
就像是看电影。

WE SEE
VE READ!

如果我对你说："形容一下安娜·卡列尼娜。"也许你会提到她的美丽。如果你读得仔细些，你会提到她"浓密的睫毛"、她的体重，甚或她嘴唇上浅浅的茸毛（没错——就在那儿）。马修·阿诺德[3]还评论过"安娜的肩膀、浓密的头发、半睁的迷离的双眼……"。

可是安娜·卡列尼娜长什么模样？你也许会感觉与一个人物角色熟识已久（对刻画得十分精彩的人物，人们会说，"就像是我认识他一样"），但并不意味着你真的在描画一个人物的肖像。一切都无从确定，一切都不甚完备。

***

这是警方根据托尔斯泰书中的文字描述，用面部合成软件绘制出的安娜·卡列尼娜的肖像。（我一直想象她的头发比这鬙得更紧，发色更黑……）

大多数作家会（有意无意地）偏重描摹他们虚构人物的行为而非体貌。即使这位作家擅长描写外貌，我们面对的仍将是一堆支离破碎的零散细节所糅合成的杂烩（作者无法告诉我们一切）。我们便去填补空白，我们给他们添上阴影，我们粉饰他们的形象，我们剔除细枝末节。安娜：她的头发、她的体重——这些只是表象，并不创造出一个人物真正的形象。它们创造了一个人体、一种发色……可是安娜到底长什么样？我们不知道——我们脑中对人物的素描可比不上警方的高科技。

我们似乎需要动用自己的意志来想象人物的形象……

……尽管有些画面似乎是不请自来。

（这些画面都脆弱不堪，一旦仔细审视起来，它们便会羞怯地撤身而逝。）

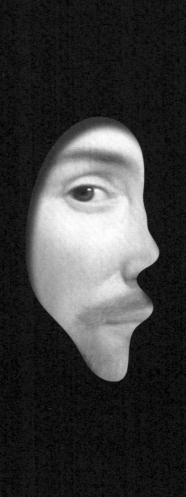

我进行了读者调查，问他们是否能清晰地想象出自己最喜欢的人物角色。借用威廉·莎士比亚的一句话，一个深受喜爱的人物对读者来说就如同在心中"描绘"（bodied forth）出来一样。[4]

这些读者认为，一部小说成败的关键，在于它塑造的人物是否栩栩如生。更有甚者表示唯一能让他们喜欢上一部小说的理由就是主要人物能很容易地被"看见"：

"那您能否在脑子里描摹出安娜·卡列尼娜的长相？"我问。

　　"能啊，"他们回答，"好像她就站在我眼前似的。"

　　"她的鼻子长什么样？"

　　"我没想过。不过现在想想的话，她这样的人鼻子应该是……"

　　"等等——我问您这个问题之前您是如何想象她的？难道没有鼻子？"

　　"这……"

　　"她的眉毛浓吗？有刘海吗？她坐立时重心在哪边？她驼背吗？笑起来有鱼尾纹吗？"

（得是一个多么絮叨乏味的作家才会告诉你这么多人物细节啊。*）

＊＊＊

*不过，托尔斯泰曾多次提及安娜"纤细的双手"。这个标志性的描述对托尔斯泰来说意味着什么呢？

有些读者发誓说他们能够完完全全地描绘出这些人物，但只有在阅读的时候才能如此。我对此很怀疑，不过我现在想知道的是，我们对人物的印象模糊，是否因为我们的视觉记忆通常都是模糊的？

＊＊＊

我想到一个实验：描绘你母亲的模样，然后描绘你最爱的文学作品角色的模样。（或者：描绘你的家，然后描绘一下霍华德庄园[5]。）你母亲与你最爱的角色两者的"后象"[6]的区别在于，你越是用力想，你母亲的形象就越发清晰。而那个角色的形象却不会那么轻易地显现。（你看得越仔细，她却离你越远。）

（这其实让人释然了。我给一个虚构人物强加上一张脸孔时，并没有达到认知的效果，反而是一种失调。我最终想象出的形象是一个我认识的人。*于是我想：那不是安娜呀！）

* 最近我在读一本小说时曾以为我清晰地"看见"了一个人物，一位上流社会的妇女，长着一对"分得很开的眼睛"。当我随后细细审视自己的想象时，发觉我想到的其实是一位同事的脸嫁接在我祖母的一位年长朋友的身子上。这景象若是定睛一看，恐怕并不讨人喜欢。

而当我让人描述他们最喜爱的作品中主要人物的外貌特征时，他们往往会告诉我这些人物在空间中活动的情形。（小说中发生的许多情境就如同在舞台上编排出来的一样。）

一位作者告诉我，威廉·福克纳的《喧哗与骚动》中的班吉·康普生"行动迟缓，笨手笨脚……"。

可是他长什么样呢？

***

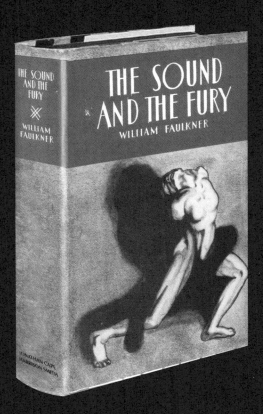

文学作品中人物的外貌是模糊不清的——他们只有少量的特征，而这些特征几乎都不重要——抑或这些特征只有在帮助完善一个角色的意义时才变得重要。对一个角色的描述是范围性的，角色特征能帮我们勾勒范围的界线——但这些特征无法让我们真正地描绘一个人。*

* * *

恰恰是那些文本没有阐明的东西，吸引了我们的想象力。所以我问自己：是不是在作者最言简意赅或欲说还休的情况下，我们的想象才是最丰富或最生动的？

（就像在音乐中，音符与和弦定义了作品内涵，但休止符也起了作用。）

---

* 或者，是否在辨别任何事物时，都不必追求面面俱到？

人物是密码。

留白让故事更加充实。

威廉·加斯[7]在评论亨利·詹姆斯的小说《未成熟的少年时代》中的卡什莫尔先生时，这样说道：

> 我们可以想象无数有关卡什莫尔先生的其他句子……现在问题来了：卡什莫尔先生是什么？这些是我会给出的答案：（1）一种声响；（2）一个专有名词；（3）一个复杂的观念系统；（4）一个支配性的概念；（5）一种语言组织的方式；（6）一个虚拟的指代方式；（7）一种语言表现力的来源。

对于任何角色都可以如此评论——例如同一本书中的楠达，或是刚才的安娜·卡列尼娜。当然——安娜无可避免地被伏伦斯基吸引（从而觉得被自己的婚姻束缚），这难道不比她形态上的诸如"丰满"之类的特点更有意义吗？

人物的举止行为，他们与描画出的虚构世界中的人和物产生的关联，才是真正重要的东西。（"行动迟缓，笨手笨脚……"）

尽管我们以为人物是可见的形象，其实他们更像是一套决定了某种结果的规则。一个角色的外貌属性也许是装饰性的，但那些特点也使它们更富有意义。

（看见和理解的区别是什么？）

$$(A\bullet K\bullet V\bullet M)\supset$$

$$[(a\cup v)\vdash T]$$

A = 安娜（Anna）年轻貌美（有着"纤细的双手"，丰润有致，素白的脸上泛着红晕，一头鬈发又黑又密，等等）

K = 卡列宁（Karenin）又老又丑

V = 伏伦斯基（Vronsky）风华正茂

M = 社会惯例（Mores），即在19世纪的俄国，（妇女的）婚外情会遭受谴责

T = 安娜会被火车（Train）轧死

"a""k""v"分别代表安娜、卡列宁和伏伦斯基

拿卡列宁的耳朵来说吧……

（卡列宁是安娜·卡列尼娜的戴了绿帽子的丈夫）

他的耳朵是大还是小？

> 到了彼得堡，火车一停下来她就下车了，首先吸引她注意的就是丈夫的脸。"啊呀，我的天！他两只耳朵怎么变这样了？"看着他冷冰冰和神气的形象以及这时特别使她吃惊的那两只支着圆礼帽边沿的耳朵，她心里想。

妻子对他的不满有多大，卡列宁的耳朵就有多大。如此看来，耳朵无关卡列宁的长相，却与安娜的感情有很大关系。

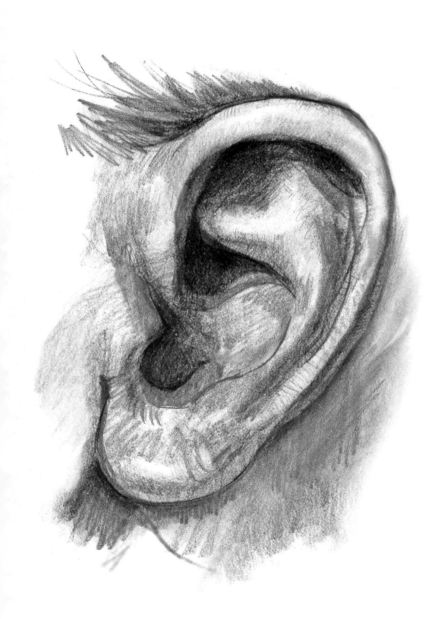

"叫我······

以实玛利吧。"

当你读到赫尔曼·梅尔维尔《白鲸记》的开头时，是怎样的情形？

是有人正和你攀谈，可那人是谁？也许你先听到了这句话（在你脑海中听到了），随后才设想出说话者的样子。与目睹他的脸相比，我可以更清晰地听到以实玛利说的话。（听觉与视觉或者嗅觉所需的神经处理过程是不同的，我会认为我们在阅读时听到的比看到的多。）

如果你的确能唤起对以实玛利的印象，那是怎样的形象？一位航海的水手之类的？（这是一幅肖像还是一种类型？）你设想的是不是约翰·休斯顿改编的电影里的演员理查德·贝斯哈特[8]的形象？

（如果你要去看自己喜欢的书改编成的电影，务必谨慎考虑，三思而后行，电影中的演员很有可能会成为你对书中角色的永久印象。的的确确会有这种危险。）

＊＊＊

你的以实玛利的头发是什么颜色？是鬈发还是直发？他比你高吗？如果你对他的想象并不清晰，那你是否只是留了张便条，预留了一个空位，写上"主人公，第一人称叙事者"？也许这便足矣。以实玛利可能唤起了你的感受——但这不同于你看见了他。

或许梅尔维尔脑海里有一个特定的以实玛利的形象。也许以实玛利长得像他多年航海生涯中认识的某个人。但梅尔维尔的印象不是我们的印象。不管以实玛利是不是被描绘得细致入微（我不记得梅尔维尔有没有形容过以实玛利的外貌，可那本书我已经读过三遍了），可能我们还得随着情节发展不断修改对他的印象。我们永远都在反复审视斟酌我们脑中小说人物的肖像：涂涂改改，退后几步打量一下，新的情节浮现时又给他们换以新貌……

41

你给以实玛利配上怎样一张脸，或许与你某天的心情有关。
在不同章节之间，以实玛利看上去会有些差别，打个比方说，
就好像塔斯蒂哥与斯塔布的相貌的差别一样。

塔斯蒂哥¹⁰

魁魁格

大个儿

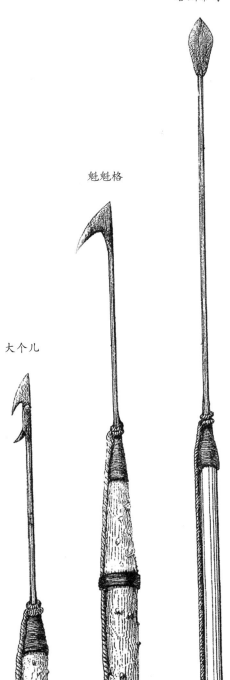

在舞台剧中，有时会由多个演员饰演同一个角色，这种情况下，显然会引起剧场观众的认知失调。但我们读完一部小说后回想其中人物时，却觉得他们似乎始终是由同一位演员扮演的。（在一个故事里，"角色"的多重性被解读为心理的复杂性。）

****

试问：在古斯塔夫·福楼拜的小说《包法利夫人》中的爱玛·包法利眼睛的颜色（非常出名），随着叙事发展竟会改变：蓝色，棕色，幽黑色……这要紧吗？

似乎并无大碍。

***

小说家们不得不描写女人眼睛的时候，我总是为他们感到难过：选择太少了……她的眼睛是蓝色的：天真而诚实。她的眼睛是黑色的：热情而深邃。她的眼睛是绿色的：放荡而好妒。她的眼睛是棕色的：可靠而懂事。她的眼睛是紫罗兰色的：这小说是雷蒙德·钱德勒写的。

——朱利安·巴恩斯《福楼拜的鹦鹉》

再试问：随着人物在小说情节行进中发展，他们看上去的样子是否也会改变……因为他们内在的变化？（当我们更熟悉一位真实的人的内在时，他看上去可能会更漂亮——这种情况下我们对他人增加了好感并非因为我们更近距离的外表观察。）

人物一出场，是否就是完整的？也许是的，但只是顺序是杂乱的，好似一堆被打乱的拼图。

***

《到灯塔去》这部小说是个典型，除了其他优点之外，它对感官和心理体验的描写非常细致。这部小说的构成材料没有多少人物、地点、情节，而更多的是意识。

书的开头是这样的：

"好，要是明儿天晴，准让你去。"拉姆齐夫人说。

我想象这些话在虚空中回响着。拉姆齐夫人是谁？她在哪儿呢？她是在和人说话，两个颜面模糊的人在虚空中——尚未成形，无从构成。

当我们读下去后，拉姆齐夫人就变成了一幅七拼八凑而组成的拼贴画，就像她儿子詹姆斯的书里的那些一样。

***

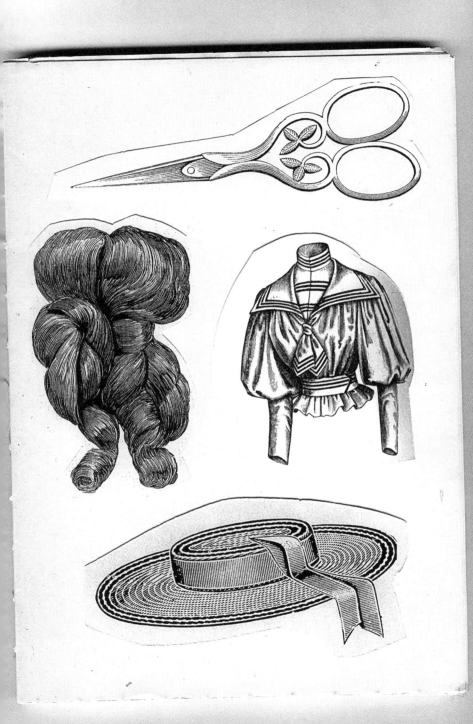

拉姆齐夫人正在跟她的儿子说话，书里这么告诉我们。她也许是70岁——她儿子50岁？不是，我们后来得知他只有6岁。我们便修正了原来的印象，以此类推。如果小说是线性结构的，我们就会知道要等一会儿，才能设想画面。但我们不会等待。我们会一翻开书就立马开始想象了。

当我们回想阅读的情形时，并不会记得这些频繁的微调。

还是那句话：我们回忆它的方式就好像回忆我们看过的
电影……

开头

当我阅读时，我便从表象的世界抽离，转而凝视内在。这就不无矛盾——我是向外看着我捧着的书，而这书却像一面镜子，我感觉仿佛正往里面看着什么。（镜子的想法是对阅读动作的一种类比。我还可以想到其他的类比：例如，我能想象到阅读就像我退避到双眼背后的一座修道院——一方开阔的庭园，有门廊环绕，有一座喷泉、一棵树——那是一个冥想之地。但这不是我在阅读时看到的东西，我并没有看见一座修道院，也没有看见镜子。我阅读时看见的不是阅读动作本身，也不是那些类比的景象。）

当我阅读时，我从表象世界退离的速度之快，几乎难以察觉。我眼前的世界和"内在"的世界不只是相邻，还彼此重合、交叠。一本书就像是这两块领域的交会处——或者像是一根导管、一座桥梁、一条两者之间的通道。

当我的眼睛合上时，看到的（内眼睑上的光晕）和想象到的（例如安娜·卡列尼娜的形象）永远都是倏忽一下就各自消散。阅读就像这闭着眼的世界——阅读就发生在类似眼睑后面的地方。一本打开的书好比是百叶窗——它的封皮和书页将世界中无尽的喧嚣刺激拦在外面，鼓励我们去想象。

Unc inten
tioze nobis
opus est a-
nimo mul
to qp erat i
supioz so-
lutione questionu τ expli
catone libroz. De theolo
gia quippe qua naturale z
vocat: no cuz quibuslibet
boibus: no eni fabulosa e
vel ciuilis: boc est vel the
atrica vel vrbana: quaruz
altera iactitat deoz crimi
na: altera indicat eoz de
sideria crimiosioza: ac p b
malignoz poti° demonuz
ꝯ cu philosophis

...ab eis
...ndum post
...orte. In hoc li
bzo incipit dispu
tare cu phis con
tra theologia na
turalem: volens
ostendere qp illi q
ab eis vocant dij
vel demones: no
sunt colendi pro-
ter aliqd bonu
future: τ vi
pars in

tum: qui e...
teme humana cu...
sentiat: no tn sufficere v...
incomutabilis dei cultum
ad vita adipiscenda etiaz
post morte beata: sed ab il
lo sane mltos vno ꝯditos
atqz institutos ob ea cau-
sam colendos putant. Hi
etiam iam varronis opini
on everitatis ppinquitate
trascendut. Siquidez ille
tota theologia naturalem
vsqz ad mundum istum vl
eius animam extedere po
tuit: isti vero sup omn...
anime natura ꝯ b...
qui no solz...

a d Ebo...
tone τz. In b...
libzi: in quo beat' a...
gustin' incipit age...
de ꝺditionib' ...
nis τ phoz ...
dam alioz ...
ctrinis...
eo...

《到灯塔去》和《白鲸记》的开头都会让读者困惑——我们尚未得到足够的信息来着手处理其中的故事和画面。

但我们对这种困惑习以为常。所有书的开头都充满了疑惑和错位。

当你第一次打开一本书，你便进入了一个阈限⁹空间。你既不在这个你捧着书（比如这本书）的世界里，也不在那个世界（文字所指向的形而上的空间）里。从某种程度上说，这种多维性正描述了阅读通常带来的感受——人们处于

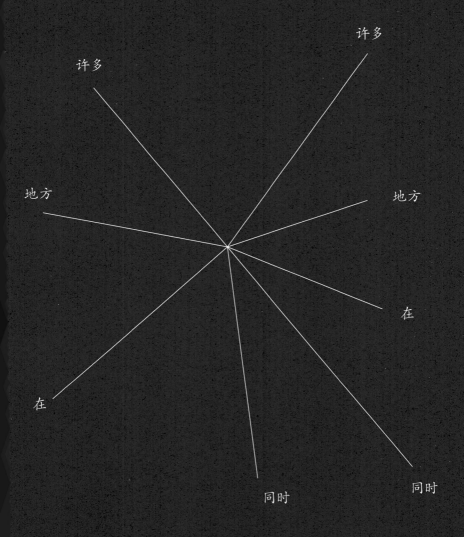

伊塔洛·卡尔维诺体现了这种中介性：

> 故事发生在某火车站上。一辆火车头呜呜地鸣叫着，活
> 塞冒出的蒸汽弥漫在本章的开头，一团烟雾遮盖了第一
> 段的一部分。[10]

If on a
winter's
night
a traveler

The novel begins in a railway station, a locomotive huffs,
steam from a piston covers the opening of the chapter, a
cloud of smoke hides part of the first paragraph. In the
odor of the station there is a passing whiff of station café
odor. There is some........ ....he befogged
glass, he opens ....ing is
misty, inside, t..... .... eyes
irritated by c.... .... are clouded
like the win.......... .... of smoke rests
on the sentenc.......... .... the man ...s the
bar; he unbutt.......... ....of steam
enfolds him; a wh...... ....
glistening with rain, as ....at are
   A whistling sound, li..... .... a cloud of
steam rise from the coffe.......achine that the old counter-
man puts under pressure, as if he were sending up a sig-
nal, or at least s.. ..eems from the series of sentences in
ne second ... ... in which the players at the table
ose the ... ... ds against their chests and turn
ward th ... with a triple twist of their necks,

Bleak House **also**

LONDON. . . . As much mud in the streets as if the
derful to meet a Megalosaurus, forty feet long or so
chimney-pots, making a soft black drizzle, with fl
imagine, for the death of the sun. Dogs, und
sengers, jostling one another's umbrellas in
thousands of other foot passengers have b
the crust upon crust of mud, sticking at

Fog everywhere. Fog up the river
tiers of shipping and the watersid
creeping into the cabooses of col
gunwales of barges and small b
wards; fog in the stem and bow
fingers of his shivering litt
with fog all round the

Gas looming th
bandman a
unwilli

The
app
al

《荒凉山庄》在茫茫大雾中开篇——这场雾是查尔斯·狄更斯描写的世界的一个组成部分。

这雾既是对伦敦"真实"的雾的提及，

也是对英国司法系统的隐喻。

我刚才那句话也是用雾为"开篇"这一个章节做了一个大体上的视觉隐喻。

唯一一处关于雾的含义是我完全不能解读的，那就是小说中雾的视觉效果。

时间

我为我的女儿朗读，读到了下面这个段落：

"接着他听到一声惊叫……从附近传来……"

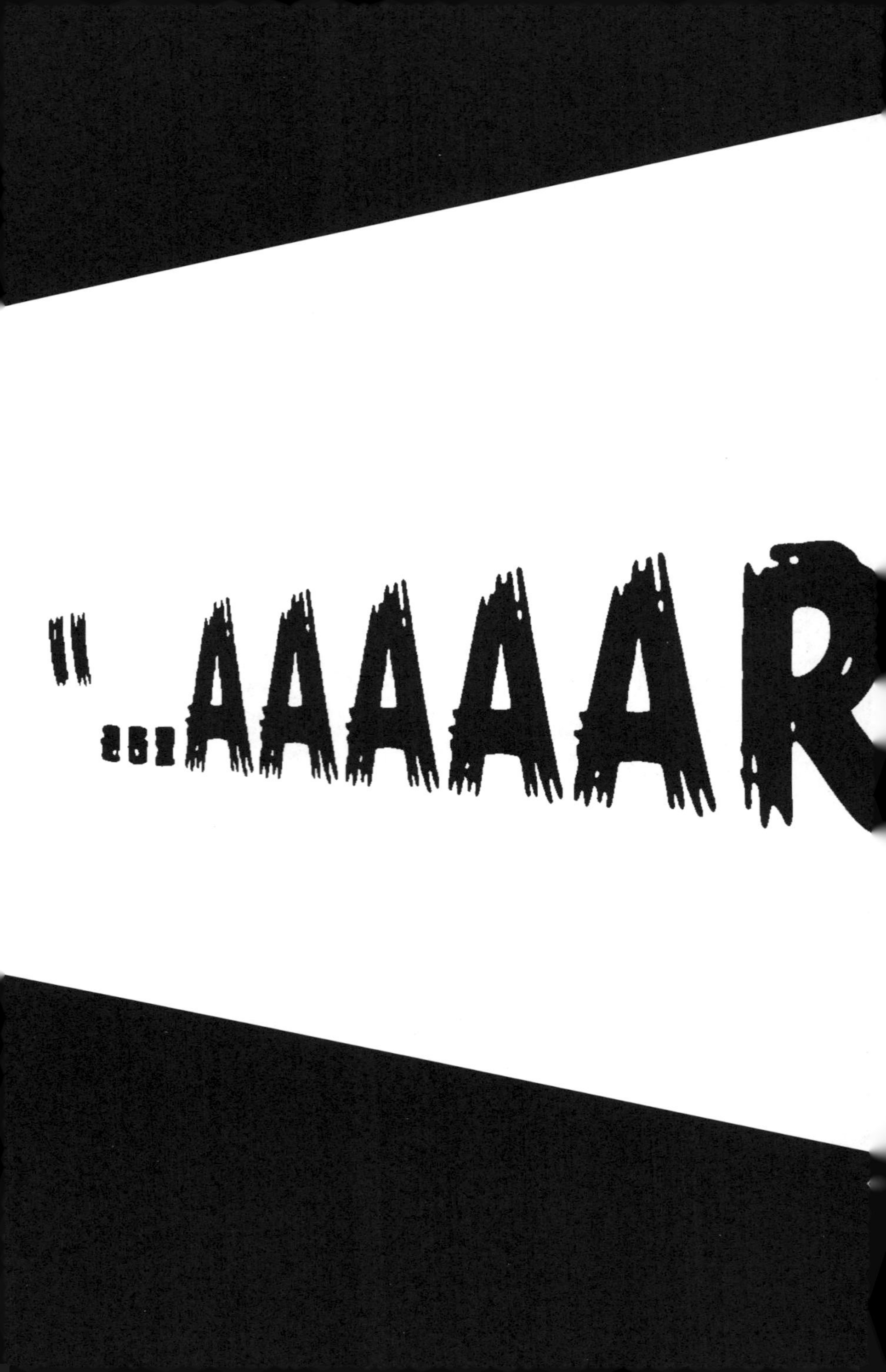
"...AAAAAR

GH!

……啊啊啊啊啊啊啊啊！

我为女儿学这惊叫声时，是用一种不带尾音的、中性的声音——不是因为我不会表演（我的确不会），而是因为我还不知道是哪个角色在惊叫。等我读到后文，知道谁在尖叫后，女儿让我回去再读一遍刚才的段落——这回用的是符合那个特定的角色的尖厉的、少女的叫声……

这就是我们将角色可视化的过程。我们最初用某种方式想象他们—— 然后读了50页之后再一瞧，他们与我们心理预期的形象毫不匹配，于是我们只好再做调整。

＊＊＊

詹姆斯·乔伊斯的
《尤利西斯》
开篇是这样的：

TATELY, PLUMP

Buck Mulligan came from the stairhead,
lather on which a mirror and a razor
dressed ungirdled, were sustained
mirroring air. He held the bowl
Introibo ad altare Dei.
Halted, he peered in the dark with
uproariously:
—Come up, Kinch. Come up, you fea
solemnly he came forward and mour
He faced about and blessed gravely th
rounding country and the waking mou
sight of Stephen Dedalus, he bent to
crosses the gurgling in his
head. Stephen Dedalus, displeased and
on the top the stairs and looked
gurgling face that blessed him, equine
light untonsured by the grained and hu
Buck Mulligan peeped an instant un
covered about smartly.
—Back to barracks, he said sternly
He added a preacher's to
For this is dearly belove
and soul and blood and our. Slow
eyes, gave the bowl. A lit
corpuscle. Silence,
He peered side ay
then paused awhile attention
glistening and with gold pe
strong smell which answered though
—Thanks old chap, he crie brie
Switch off the cur will you?
He skipped off and look
gathering about legs the loose cold
shadowed face the sullen oval jowl
of arts in the middle ages pleasan
his lips
he mocked, he said
ancient Greek
He pointed friend
parapet, laughing self. Ste
lowed him we and
gunrest, watching the p

神气十足、体态壮实的勃克·穆利根……

勃克·穆利根出场时，先以形容词示人。形容他的词比他本人先出现。

乍看《尤利西斯》的开头，读者脑中可能会产生一系列静态图像，每一幅图像都与形容勃克的词对应起来，按照它们的出场顺序，一个接着一个地出现。

这些形容词是不同步的，它们看上去会很不协调。

Stately

神气

Plump

壮实

BUCK

雄鹿 [11]

Mulligan

穆利根 [12]

(or Mulligan)

（或这位穆利根 [13]）

阅读的想象力揭示了我们自己的倾向性。书籍将它们从我们内心摄取出来。

（我们的倾向是很奇怪的……）

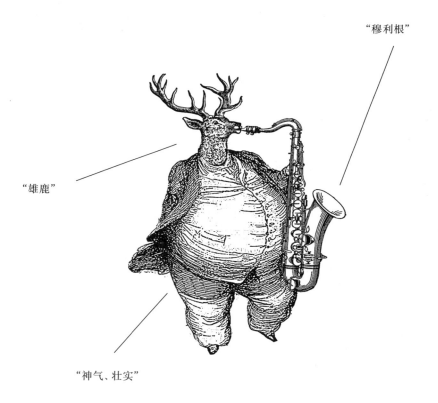

"穆利根"

"雄鹿"

"神气、壮实"

书读到后面，这些联想可能会排除，换以其他画面。

但是（理所当然地），我们是无法领会词义的，如果它们像这样……

出

现

我们阅读时会把视野中的词全数揽进，像大口喝水一样把它们吞咽下去。

**

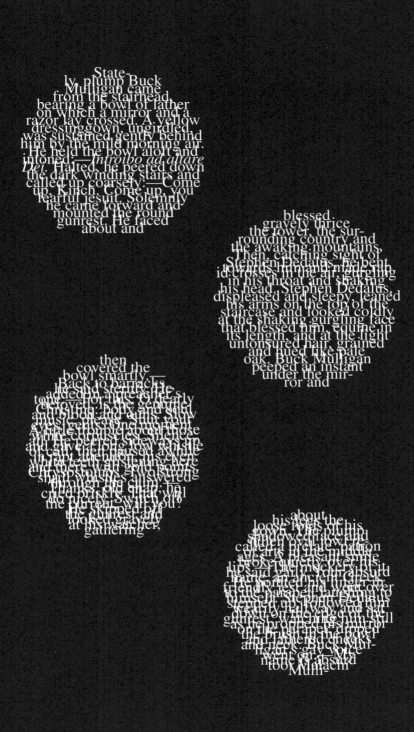

State-ly, plump Buck Mulligan came from the stairhead bearing a bowl of lather on which a mirror and a razor lay crossed. A yellow dressinggown, ungirdled, was sustained gently behind him by the mild morning air. He held the bowl aloft and intoned:—*Introibo ad altare Dei.* Halted, he peered down the dark winding stairs and called up coarsely:—Come up, Kinch. Come up, you fearful jesuit. Solemnly he came forward and mounted the round gunrest. He faced about and

blessed gravely thrice the tower, the surrounding country and the awaking mountains. Then, catching sight of Stephen Dedalus, he bent towards him and made rapid crosses in the air, gurgling in his throat and shaking his head. Stephen Dedalus, displeased and sleepy, leaned his arms on the top of the staircase and looked coldly at the shaking gurgling face that blessed him, equine in its length, and at the light untonsured hair, grained and hued like pale oak. Buck Mulligan peeped an instant under the mirror and

then covered the bowl smartly.—Back to barracks, he said sternly. He added in a preacher's tone:—For this, O dearly beloved, is the genuine Christine: body and soul and blood and ouns. Slow music, please. Shut your eyes, gents. One moment. A little trouble about those white corpuscles. Silence, all. He peered sideways up and gave a long slow whistle of call, then paused awhile in rapt attention, his even white teeth glistening here and there with gold points. Chrysostomos. Two strong shrill whistles answered through the calm.—Thanks, old chap, he cried briskly. That will do nicely. Switch off the current, will you?

about his legs the loose folds of his gown. The plump shadowed face and sullen oval jowl recalled a prelate, patron of arts in the middle ages. A pleasant smile broke quietly over his lips.—The mockery of it, he said gaily. Your absurd name, an ancient Greek, he pointed his finger in friendly jest and went over to the parapet, laughing to himself. Stephen Dedalus stepped up, followed him wearily halfway and sat down on the edge of the gunrest, watching him still as he propped his mirror on the parapet, dipped the brush in the bowl and lathered cheeks and neck. Buck Mulligan's gay voice went on.—My name is absurd too: Malachi Mulligan

一个词语的语境很重要。一个词语的意义会因它周围的词语而变化。在这方面，词语和音符很相似。想象一个孤零零的音……

它就像是从语境中抽出的一个词。你对这一个单音的感觉就像是人对某种声响的反应一样（特别是当这个音符是由汽车喇叭之类的东西发出来的时候）——也就是说，被剥夺了含义。

加上另一个音符后，就有了语境，可以用来理解第一个音符。现在我们听到了一个和弦，哪怕这是无心之举。

大调和弦　　　　　　　　　　小调和弦

加上第三个音符后，它的含义再一次缩小了。基调完全被语境的功效转变了。而文字也是一样。

语境——不仅指语义学上的语境，也指叙事中的语境——只能在读者越来越深入地阅读文本时才逐渐累积起来。

Stately, plump Buck Mulligan came from the stairhead, bearing a bowl of lather on which a mirror and a razor lay crossed. A yellow dressing-gown, ungirdled, was sustained gently behind him on the mild morning air. He held the bowl aloft and intoned:

—Introibo ad altare Dei.

Halted, he peered down the dark winding stairs and called up coarsely:

—Come up, Kinch! Come up, you fearful jesuit!

Solemnly he came forward and mounted the round gunrest. He faced about and blessed gravely thrice the tower, the surrounding land and the awaking mountains. Then, catching sight of Stephen Dedalus, he bent towards him and made rapid crosses in the air, gurgling in his throat and shaking his head. Stephen Dedalus, displeased and sleepy, leaned his arms on the top of the staircase and looked coldly at the shaking gurgling face that blessed him, equine in its length, and at the light untonsured hair, grained and hued like pale oak.

Buck Mulligan peeped an instant under the mirror and then covered the bowl smartly.

—Back to barracks! *he said sternly.*

He added in a preacher's tone:

from Oxford. You

91

"AH, HOW SPLENDID IT WILL BE!" BROKE FROM KOLYA.

"WELL, NOW WE WILL FINISH TALKING AND GO TO HIS FUNERAL DINNER. DON'T BE PUT OUT AT OUR EATING PANCAKES—IT'S A VERY OLD CUSTOM AND THERE'S SOMETHING NICE IN THAT!" LAUGHED ALYOSHA.

"WELL, LET US GO! AND NOW WE GO HAND IN HAND."

"AND ALWAYS SO, ALL OUR LIVES HAND IN HAND! HURRAH FOR KARAMAZOV!" KOLYA CRIED ONCE MORE RAPTUROUSLY, AND ONCE MORE THE BOYS TOOK UP HIS EXCLAMATION: "HURRAH FOR KARAMAZOV!"

FIN

尽管如此——尽管我们对叙事的理解会随着故事进程而发展——读到一本书的结尾时，我想象的强度却并未增加。书的最末几页并未充满景象，更多的是孕育着意义。

（我只是想再一次强调，看见和理解之间的不同。）

***

为了弄懂一本书中词汇、短语的意思，我们必须超前阅读——我们得预测。这是我们读者与线性书面语言中的语义困境、中断、断层、跨行连词等现象搏斗的方式。

我们在构想书中告诉我们去看的东西，却也在构想我们想象自己接下去会被告知去看的东西。如果人物绕过一个街角，我们就会预测拐弯处会有什么（哪怕作者拒绝告诉我们）。

我们在快速阅读时会将字词和短语囫囵吞下，但也会选择一些文字放在嘴里细细咀嚼，放在舌尖上品味其妙处。

（我们阅读的速度会影响我们想象力的生动程度吗？）

***

你有没有在你平时开车的路上的路肩上走过？在高速行驶时未曾端详过的细节忽然就展现在眼前。你才知道一条路事实上有两条路的面貌——一条是行人的路，一条是乘客的路。两条路彼此之间只在地图上有微弱的一致性，而它们给人的体验是截然不同的。

如果书就像道路，那么有些书就是为开快车而写的——细节并不充分，仅有的细节也显得单调乏味——但叙事高度紧凑，情节滚滚向前展开，扣人心弦。还有些书，如果也看成道路的话，它们是为散步而写的——这些路的轨迹远没有它所呈现的街景来得重要。对我来说，最好的书是这样的：我飞驰而过，却时不时地急刹车，停靠在路边，对眼前所见惊叹不已。这些书是注定要反复阅读的书。（读第一遍时，我可以沿着路狂奔，越快越好，随后我再悠闲漫步，享受其中——这样我就能看见我错过的景象。）

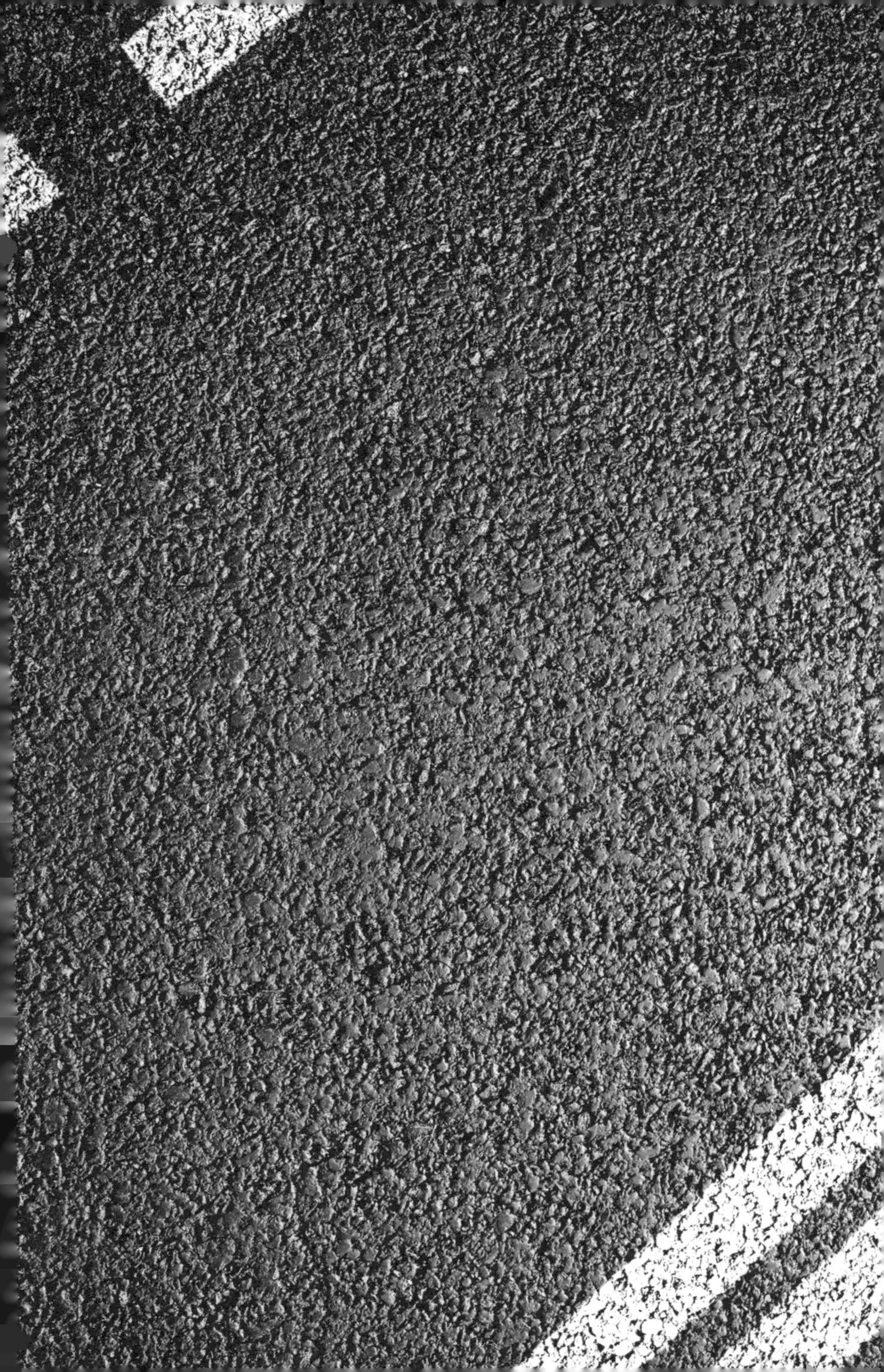

一种小说

另一种小说

我又在给女儿朗读了（每天晚上都读）。

我注意到，已经翻到新的一页时，我还在读着前一页页尾的那些词。

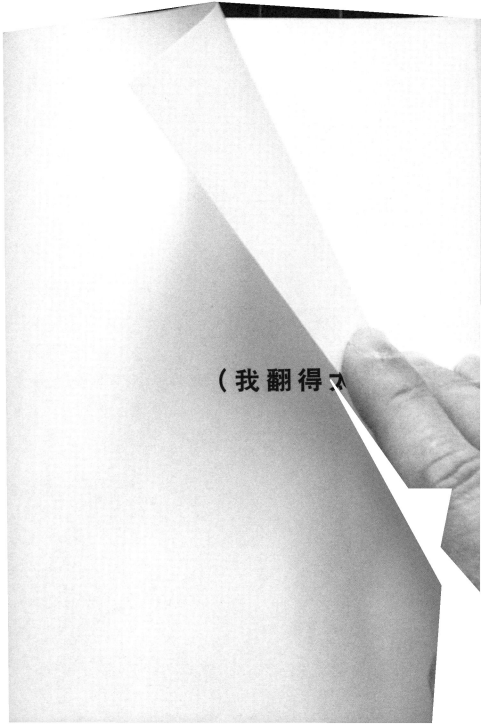

（我翻得太

快了）

像我刚才说的，我们的眼睛和大脑是超前阅读的。

我在想象页面上某一部分内容的时候，同时又在从另一部分中获取信息。

在一瞬间（一口吞下去的时候）我们读者会：

1. 读一个句子……

2. 再往后读几个句子……

3. 刚才读过的句子内容仍维持在意识中。

4. 沿着句子想象发生的事件。

"眼音距"就是眼睛注视页面之处与内心默读出的文字位置之间的距离。

前摄 / 滞留

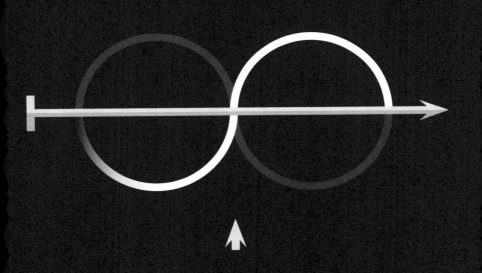

过去　　现在　　将来

阅读行为并不是由一系列"现在"的体验组成的顺序事件。

在每个有意识的时刻——以及在每个阅读行为发生的时刻，过去、现在和将来交织在一起。每一处流畅的阅读间隙，都掺杂着对已读的记忆（过去），对"当下"所读的知觉体验（现在），以及对未读的预期（未来）。

***

我并不经过被我留存表象、首尾相接形成直线的一系列现在。在每个时刻来到时，先前的时刻发生了变化：我仍将它留在手中，它还在那里，但它已经下沉远离了现在的表面；为了留住它，我应该伸出手，穿过一层薄薄的时间。

——莫里斯·梅洛-庞蒂[19]

then

tnhoewn

now

虚构人物不会一下子向我们一展全貌；他们不会即刻在我们的想象中具象化。

詹姆斯·乔伊斯书中的人物勃克·穆利根在《尤利西斯》的开头里仅仅是个符号，但他的形象最终越来越细致入微——我们一旦目睹了他与小说中其他人物的互动便会这样想。通过勃克与其他都柏林人的交往，他的其他方面的性格浮现出来。渐渐地，他变得复杂了。

"我要是能从姑妈身上挤出二十镑，你肯一道去吗？"

……他对室友斯蒂芬说道。

（他是个蹭饭吃的家伙。）

"GOD,
ISN'T HE
DREADFUL?"

"老天啊，那小子多么讨人嫌！"

……他趁另一个室友海恩斯不在的时候这样说他。

（他是个两面派。）

（诸如此类的推断）

勃克的角色形象就像其他任何一个文学人物一样，是动作和互动的自然产物。

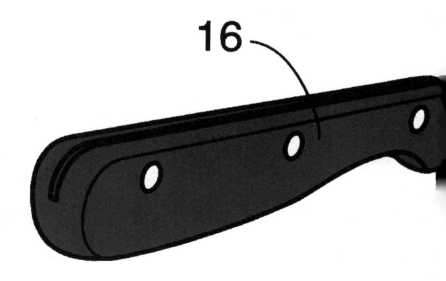

16

动作：亚里士多德认为自我是一种动作，我们通过知晓它的 telos（目的）而发现事物的本质。

一把刀通过切这个动作才成为一把刀……

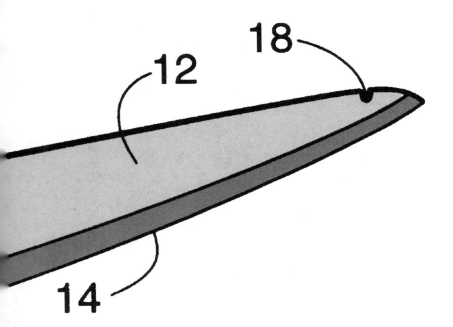

一位演员朋友告诉我，对他来说，塑造一个人物"更多地与副词而不是与形容词有关"。我想他的意思是，（作者提供的）关于一个角色的不充分的事实（这是必然）没有这个角色做什么、怎么做重要。"反正，"我朋友接着说，"编剧也不会写那么多形容词。"

（比起想象东西，我们是不是更擅长想象动作？）

＊＊＊

我喜欢书里有许多对话，我不喜欢没人告诉我，说话的那人长什么样。我想要从他交谈的方式里琢磨出他的长相……琢磨出他说话时在想什么。我喜欢有些描述但不要太多……

——约翰·斯坦贝克 15《甜蜜的星期四》

114

如果一个动作没有了清晰的主语和对象，它会变成什么样？

仅凭动作本身，能够构建出画面吗？

这与仅用动词来构建句子的可能性是一样的……

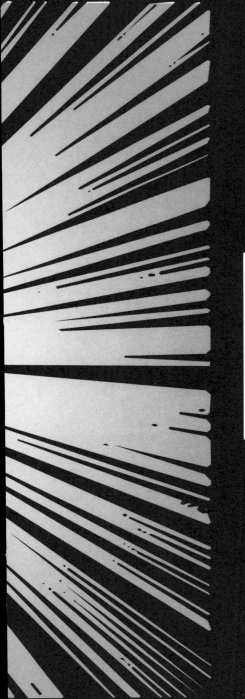

这些开篇句，如果只留动词……

"诬陷逮捕。"——《审判》
"出现托着交叉。"——《尤利西斯》
"看见。"——《喧哗与骚动》
"叫。"——《白鲸记》
"是是。"——《安娜·卡列尼娜》

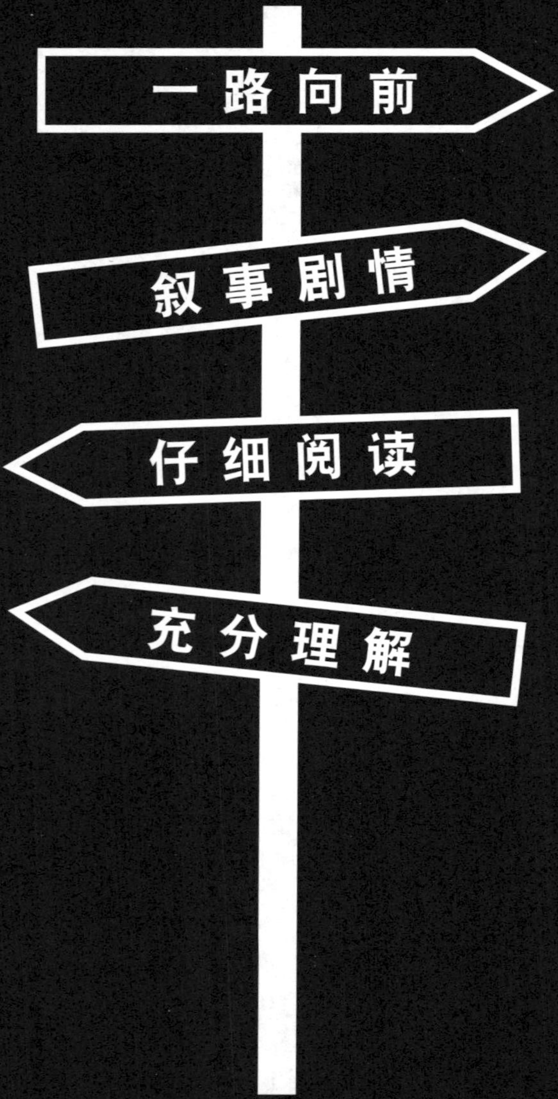
一路向前
叙事剧情
仔细阅读
充分理解

不久前，我正读着一本书，突然一个激灵——吓了一跳，窘迫不已，就像一个困意连连的司机开车偏离了车道。我意识到一件事：我完全不知道我正读到的某个人物是谁。

难道我读得不够仔细吗?

当故事发展到了令人困惑的节点——时间或空间错乱的地方，一个未知人物登场的时刻，隐约察觉自己对某些貌似关键的叙述竟一无所知的时候——那么我们就会进退两难：要么倒回去重读前面的篇章，要么硬着头皮读下去。

（我们选择自己想象的方式，也选择我们阅读的方式。）

这种情况下，我们可能会断定自己错过了前文出现过的某些要素、某个事件或解释。于是我们翻到前面，期望寻找到错过的故事成分。

然而还有些时候，倒不如继续往下读，将茫然置之一边，不急于求解。我们会猜想作者是不是故意在吊人胃口，于是就会耐下性子，告诉自己这才是优秀读者的表现。或者我们的确不小心草草略过了前文的一些重点，但我们判定，停留在此时此刻、继续阅读是更重要的，不应当跳离故事的剧情发展。我们决定让戏剧性优先于信息，尤其是我们认为那些信息不足为重的时候。

一路向前读下去，反倒是轻而易举之事。

人物可以在虚空不定的空间中移动；房间里可能有一屋子叫不出名字、认不出脸、辨不清意义的人物；我们忍耐看似漫无目的的辅助情节，权当是在看外语……我们继续读下去，直到终于再次找回方向。

我们可以读而不见，正如我们可以读而不解。当我们跟不上叙事主线，当我们蒙混地略过我们不理解的语词，当我们不知道读到的文字有何所指的时候，我们的想象力正在发生什么变化？

我在书中读到一个句子而不知道它指向的情节（由于我粗心大意跳过了一段文字）的时候，就会感到自己读的是一个句法正确但语义空洞的"无意义"的句子。这个句子感觉上是有意义的——有那么一点意味——它语法的结构推着我一句接着一句阅读着，尽管我实在没明白（也没想象出）任何东西。

有多少次我们是这样不明就里地阅读的？有多少时候我们读着看似有意义的句子，却不知它们所指的对象？有多少次我们在这样的虚空中——仅以句法驱使着阅读？

所有优秀的书籍，本质上都是悬疑作品。（作者会保留信息，逐步揭示。这也是我们愿意翻到后面看个究竟的原因之一。）一本书也许是一本真正的悬疑小说（《东方快车谋杀案》《卡拉马佐夫兄弟》等），或是超自然的悬疑作品（《白鲸记》《浮士德博士》等），或是纯粹结构性的悬疑作品——一种纪事性悬疑作品（《爱玛》《奥德赛》等）。

那个罪犯就是皮普的捐助人。[16]

这些悬疑作品都是叙事性的——而作品也会保守它画面性的秘密……

***

"叫我以实玛利吧……"

这句话并未解答什么，反而引来了更多的疑问。我们渴望以实玛利的脸能像阿加莎·克里斯蒂小说里罪犯的身份一样：

真相大白！

GUILTY

有罪

GUILTY-ER

更有罪

虚构作品的作者为我们讲故事，也告诉我们如何阅读这些故事。从一部小说中我可以汇总一系列规则——这不仅是一种阅读的方法论（一种建议采用的解释学方法），更是一种认知方式，它们带着我读贯全文（有时书读完后依然在脑中萦绕）。作者教会我如何想象，也教会我何时去想象、想象多少。

＊＊＊

在我读的一本侦探推理小说中，将一位主要人物描述成"紧绷着脸，面容阴沉"的样子。

"紧绷着脸，面容阴沉"这样的形容是否让我对这位人物的相貌加深了认识呢？似乎作者写下这些描述性文字不是为了这个目的。她并没有提供一幅肖像，而是提供了另一种形式的意指。

经典的侦探小说在开头会将我们领到一个圈定的地点（就像一个游戏盘），里面只有几名玩家。这些玩家粗略地符合了几种典型，便于我们记忆，也方便用来进行脑力推理的周密分析。他们的名字以及角色独有的特质往往会重复出现。一个资深的侦探小说迷就会识别出这里的人物描写意味着他有罪还是无罪。

八字胡也许是个线索，甚至是犯罪动机。但更重要的是，这可以成为一种等级标识和用途——它告诉读者，现在和他们正打交道的是一个卒，还是车，还是象，等等。

***

在"阅读侦探小说"这个游戏里，规律是有据可依的——然而对经验不足的读者来说，还是偶尔会与直觉相悖。一个"紧绷着脸，面容阴沉"或者"灰暗的""邋里邋遢的"，有着"不安分的目光"或是一个"尖嘴猴腮"的人物，到最后尘埃落定时，保准会被发现是无辜的——典型的虚晃一枪。有时，作者会特别单纯地通过容貌就传递出人物有罪的确凿信息；又有时候，作者会特别狡黠地设置一个虚假的虚晃一枪：那个目光不安分的陌生人结果真的是杀手。在这些情况下，形容人物的词有的是声东击西，有的是故意回避，有时在出招，有时在出反招。

***

（人物特质也是故事的使用说明书。）

***

城堡

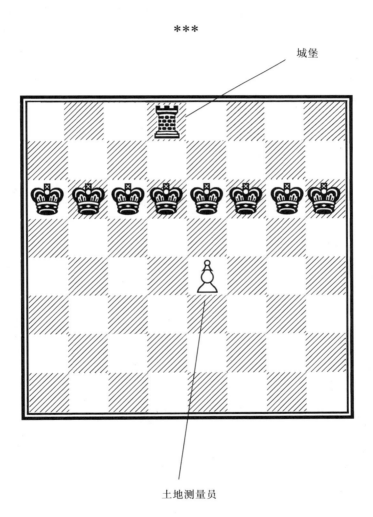

土地测量员

《简·爱》中专横暴虐的里德太太一角早在第 1 页就已出场，却直到第 43 页才有完整的（体貌）描写。当我们终于一睹其真容时，见到她是这般模样：

> 里德太太那时大概是三十六七岁，是个体格强健的女人，宽肩膀，四肢结实，个儿不高，尽管壮实，却不算肥胖。她脸盘相当大，下颚十分发达而且有力。她额头很低，下巴又大又突出，嘴和鼻子颇为端正，一双淡淡的眉毛下闪出严酷的眼神。她皮肤黝黑而缺少光泽，头发近乎亚麻色。她体质极好，从来无病无痛……她服饰讲究，而且仪态举止上也力求能配得上她漂亮的衣着。

为什么夏洛蒂·勃朗特等了这么久才来描绘这位重要人物？（在此期间我们都在想象什么呢？）

里德太太在第 43 页之前都没有被刻画过，因为直到那个戏剧性的时刻，主人公才将她细细打量了一遍。勃朗特是在试图以简·爱的经验视角代为描写里德太太。当简在里德太太的监护下饱受欺辱折磨的时候，年幼的她只能向暴怒的里德太太投去无望的几瞥。简是从紧闭的眼睛的眯缝中看见里德太太的——那时她缩成一团—— 所以，对她、对我们来说，里德太太的可怖是一点一点揭示出来的：她那"慑人的灰眼睛"，还有她粗壮的身影三步并作两步地从楼梯上飞奔而来。

当简终于可以正视她的压迫者的时候，她见到了一个远景——对整体一目了然——也就可以对它进行褒贬了。此时，人物描写（几乎）已经无关紧要，重要的是时间点的把握。

就像我之前提到的，我们看见的人物多数是在活动的。我们看见他们，就像看见我们正在追逐的某个人，茫茫人海中的一个脑袋，拐角处的半个身影，一只脚，模糊的一条腿……虚构作品中这些零碎细节的堆积，映照出我们吸纳日常生活中人与事物的方式。

有时我遇见一个久闻其名的人，可能会暗自想道：你长得可一点儿不像我想象的那样！

对小说中的人物我也会有同感——在被仔细描写之前就已经活动着的人物。

（我对《简·爱》中的里德太太就有同感。）

***

生动性

弗拉基米尔·纳博科夫[17]在他的《文学讲稿》中评注道:"我们(在《荒凉山庄》中)首先注意到的狄更斯的风格特点就是他强烈的感官意象……"

> 阳光透过云层照射下来,在幽暗的海上凿出了一个个银光粼粼的水潭……

纳博科夫写道:

> 我们能看见这情景吗?当然能。我们想象出这幅画面时,如相认般怦然心动了。因为同文学传统中写蔚蓝色海洋的俗套相比,这幽暗的海上一个个银光粼粼的水潭提供了新鲜的东西。狄更斯是个真正的艺术家,他那纯真、易感受美的目光第一次注意到这些细节,并立即用文字记录下来。

***

另一段狄更斯的文字：

> 烛光很快就照到墙上了，这时克鲁克慢慢走了上来，那
> 只绿眼睛的猫跟在他后面。

纳博科夫又评论道：

> 猫的眼睛都发绿，但想一想，这只猫的眼睛为什么特别
> 绿？那是由于缓缓移上楼来的烛光的缘故。

纳博科夫似乎在论证，画面越具体、上下文越丰富，就越能
让人浮想联翩。

（我没那么确定。）

具体的细节和上下文可以为一幅画面添加意义甚至表现力，
却似乎并不能让我在体验画面时感到更加栩栩如生——也就
是说，作者这些精雕细琢的功夫，对世界的观察和转述，都
无法帮助我看见什么。它们帮助我理解——而不是看见。（至
少，当我审视自己对这类描写的反应时，我努力想象作者的
世界的能力并没有长进。）

作为读者，我对烛光映衬下的猫眼睛这样具体的描写感到欣喜。但我的欣喜不是由于看到了更生动的东西，而是对作者仔细观察世界表示的赞赏。

这两种感受很容易混淆。

***

狄更斯：

> 这个人收下了两便士……只是把钱往空中一扔，又手心朝下一把抓住，走了。

纳博科夫：

> 这个姿势，就这一个姿势，加上形容语"手心朝下"（一个无关紧要的枝节），这个人就永远留在优秀读者的脑海中了。

不过，究竟是这个人物还是他的手给读者留下了永久的印象？

狄更斯表达了这个世界里貌似真实的东西，而这种"真实感"源于描写本身的细致入微。

作家们仔细地观察世界，并记录他们的观察。当我们评论一部小说"观察仔细"，我们是在赞扬作家见证世界的能力。它由两种行为组成——作者在真实世界中的初步观察，以及将观察转译为书面文字的行为。文本越是"观察仔细"，我们读者越能全面地认知正在讨论的事物或事件。（再次强调——看见和认知是两种不同的活动。）

作者的细致描写让我这个读者获得了双重的自我成就感：（1）我对世界的洞察非常仔细，才会自己注意到（银光粼粼的水潭）这类细节（我记得这画面），而且（2）我十分敏锐，能认识到作者重现这些细枝末节的技艺。我感受到这种认识带来的兴奋感，还有种自我满足的愉悦感。（这感觉深藏不露，但确实存在。）注意前面纳博科夫是怎么定义"好读者"的来着？

***

一件被作者"捕捉"到的事物是从真实世界的语境中抽取出来的，它原来可能处于变动不定的状态。作者可能注意到了海洋上的波浪（抑或是"银光粼粼的水潭"），他仅仅是对这一道波浪描摹了一番，就把它固定住了，现在它从周围混杂一体无法区分的水流中脱离了出来。将这道波浪从语境中抽取出来，用语言将它紧紧攥住，它就不再是流动的了，而是变成了一道静止的波浪。

我们是透过狄更斯的显微镜来仔细观察他那"银光粼粼的水潭"的。狄更斯把这件事物拿出来，从容地放到眼前，就好像把一滴溶液放到玻璃片上一样，将它放大给我们看。我们所看见的，最多只是透过显微镜镜头见到的扭曲的影像，而最糟糕的情况下，我们只能看见显微镜的镜头本身。（借用一句有关科学哲学的推论：我们观察的不是事物，而是我们为观察事物而构造出的工具本身。）

所以当我们赞赏"观察细致"的文章时，是在称赞它用思想唤起驰骋心绪的效力，还是它手法本身的美感？

我们的猜想是两者皆有之。

***

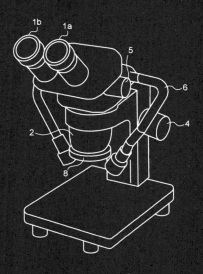

让读者全神贯注、陷入沉思的详尽描写，不一定是最生动的描写。它有可能解释得更仔细，却不会最终合成一个完形（gestalt）——一个完整的、即时的图像。

来读一读马克·吐温的这一大段文字：

> 朝水面上往远处看过去，首先看到的是一条黑乎乎的线——那就是河对岸的树林；别的什么也看不清楚；随后天上有了一块灰白的地方；再往后那白色的地方就往四周围扩大了；这下子老远的河面上的颜色也变得柔和起来，成了灰色，不再那么一片漆黑了；……有时候你可以听见一支长桨吱嘎吱嘎的响声，或是嘈杂的人声；四周还非常清净，所以老远的声音都能传过来；过一会儿你又可以看见水面上有一道纹路，你从这道纹路的样子就可以知道在流得挺急的河底下有一棵沉树，河水在那上面冲过就分开了，结果就弄成那么一条纹路；过后你又看见水面上的雾散开，东方变得通红，河里也照得通红，你还可以看得出河那边老远岸上的树林边有个木头小棚子……[18]

142

你是不是如临其境？我读了这一段，就看见了模糊的那条线，向四周扩散的苍白的天空，随后听到了船桨的嘎吱声、人语声，还看见了急流……

一位作者在描绘人物外貌或环境特征时提供多少细节，并不能完善读者脑中的画面（他无法将这些画面变清晰）；然而，作者提供的细节的层次的确决定了读者会经历哪一种阅读体验。换句话说，在文学中堆砌一长串修饰语，或许有它修辞上的效果，却缺乏整合性的力量。

我们有一种观点，认为描述性的长段文字总能构造出一些什么来。比如卡尔维诺《看不见的城市》中的珍诺比亚城，描述得十分详细，因此它是这样的：

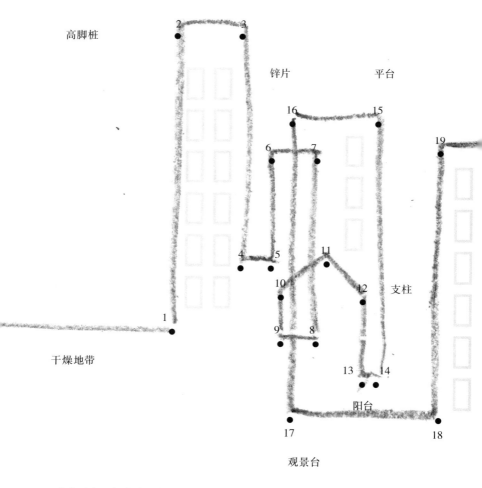

对我而言，叙事中最主要的是……事物的顺序……一种格局，一种对称性，事物周围放置的画面的网络……

——伊塔洛·卡尔维诺，载于 1970 年 8 月 15 日《世界报》

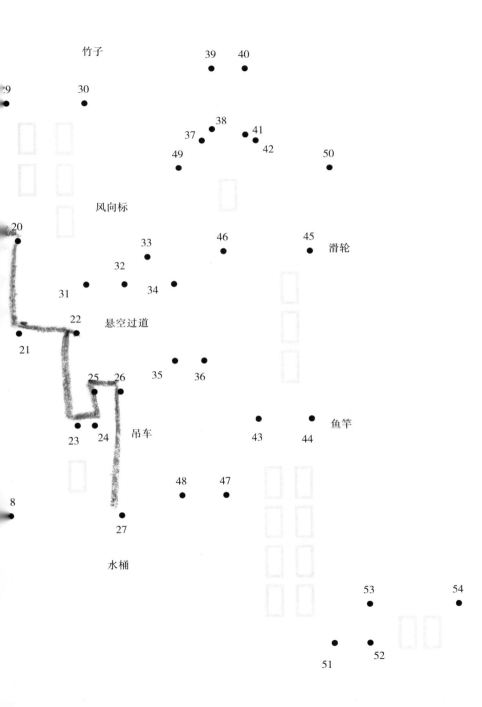

竹子

39　40

29　30

38
37　41
42
49　50

风向标

20

33
32　46　45　滑轮

31　34

22　悬空过道

21

25　26　35　36

23　24　吊车　43　44　鱼竿

48　47

8

27

水桶

53　54

51　52

但描述是不能叠加的。马克·吐温文中水上升起的薄雾并没有延续到我看见木头小棚子的时候。当我读到木头小棚子这个词，我就已经把薄雾完全忘记了。*

然而，图像，却是可以叠加的、同时发生的。

*豪尔赫·路易斯·博尔赫斯将文学作品中堆砌的分离的元素称为 disjecta membra，从拉丁语翻译过来意为"零散的（或残破的）碎片"，或者"碎裂的陶片"。

（我们不会看到一把椅子之后停在那儿寻思它是什
么颜色……）

红

（也许如果我得知椅子是红色的，那么再次提到椅子的时候我就会想，哦，那把红色的椅子……）

卡尔维诺的珍诺比亚城是具体的，他的克洛艾城却没有细节描写。在这儿，作者允许——甚至邀请——读者自行幻想。

1.

"时刻都在肉欲的
震动之中……

此时我们体会到了未说之言的力量。

X

……最贞洁的城市……"

继续说《看不见的城市》：

马可·波罗描述了一座桥的每块石头。"可是哪块石头支撑起了桥？"忽必烈可汗问。

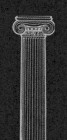

在一长段描述中我们可能
看不到每一幅图像（或每个词）……

"支撑起桥的不是任何一块石头，" 马可·波罗回答，"而是石头形成的桥拱。"

……但每一个词（图像）
都可能是一个承重的词（图像）。

或许就像某些浓墨重彩的描写一样，繁复详尽的描述会是一种误导。它们看上去是在告诉我们一些具体的、有意义的东西（关于人物、情境或是世界本身），但这类描述所带来的快感可能与它所揭示的内涵成反比。

More Colorful Equals Less Authentic

色彩缤纷
等同于
有失真切

作家吉尔伯特·索伦蒂诺就拿约翰·厄普代克的小说《整个月都是礼拜天》来开刀: [19]

> 当"生动的"写作成了目的，那么只要表面功夫到位，似乎一切都行得通了……作品在接连不断的画面的重负下一次次趑趄不前，变得支离破碎，这些画面往往用适得其反的比喻联系起来："……新闻简报和季刊从长官的信箱槽里满灌出来，就像一头母牛的阴处排出的尿。"

索伦蒂诺告诉我们，这类写法是"华而不实"的。

信箱槽和母牛阴处之间的关系令人摸不着头脑。把两者加以比较，目的其实是帮助我们让脑海中的所见更加清晰，然而结果却恰恰相反——我们只关注到了其中更醒目的那个画面（在这个例子中应该是更丑陋的画面）。

相比之下，让·吉奥诺[20]则这样写：

瞧那天上，野胡萝卜花般的猎户星座，小小的一束星辰。

我看见了花儿，然后看见了夜空中花团锦簇的星星。我的脑海中，花儿本身并没有在夜空中出现，但花的形态决定了星辰如何排布。*

（吉奥诺本可以这样写："一小簇白色的星辰。"但这样的描述无法像原文那样绽放光彩。）

＊＊＊

*吉奥诺的星辰比厄普代克的信箱槽给我的印象更加清晰。也许是因为吉奥诺想让我看见他的星辰，而厄普代克是想让我看见什么呢？他的无趣？吉奥诺的花朵和星辰是互相平衡的，一个画面辅助呈现另一个画面。

演绎

每当我们正读着一本书而如临其境，某种演绎就开始了……

我们演绎一本书——我们表演阅读一本书。我们演绎一本书，并且参与这场表演。

（作为读者，我们既是指挥家也是管弦乐团，还兼任观众。）

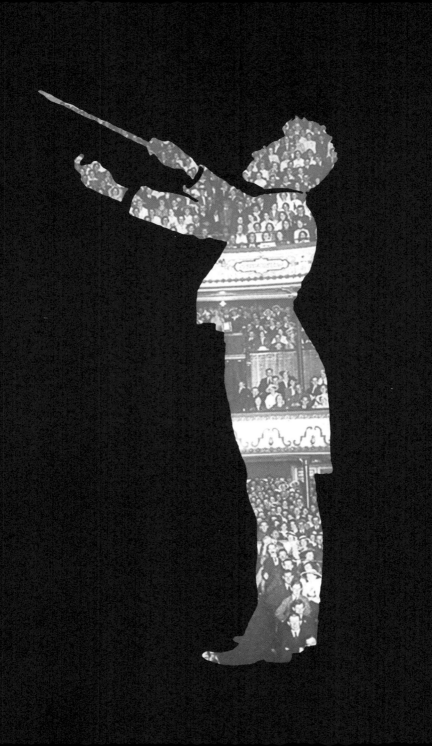

当我们阅读时，很重要的一点是要相信我们看得见一切……

我演奏钢琴的时候——与我听钢琴曲的时候完全相反——我不会听到自己的错误。我的头脑忙着想象一场理想的演出，听不到从乐器里流淌出的实际是什么。从这层意义上说，弹钢琴的演奏性因素阻碍了我听辨的能力。

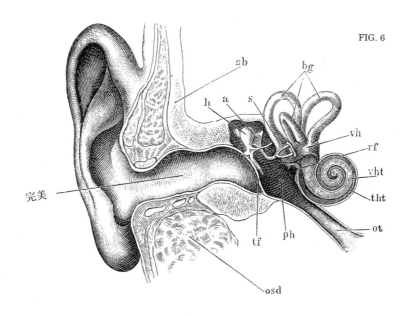

FIG. 6

同样地，当我们阅读时我们会想象自己若有所见。

我们在阅读过程中存在着戛然而止的断点……

我们似乎明白——如果我们是优秀的阅读者的话——在文本
中如何找到我们需要的信息。

尽管处理把握这些断点是阅读演绎艺术不可分割的部分，但
我们回忆起阅读过程时会粉饰这段体验。

To say fiction is linear is not to say we read in a straight line.

* * *

The eye jumps around

***

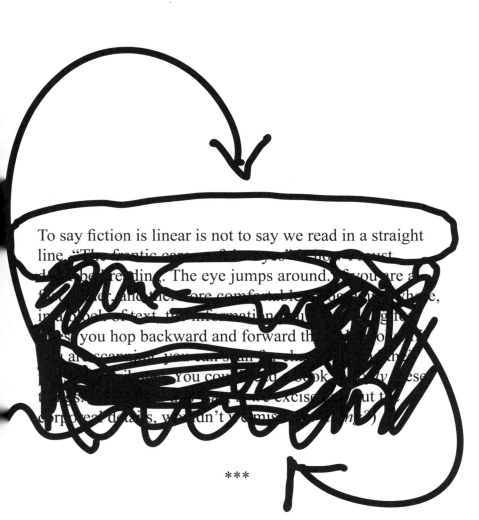

To say fiction is linear is not to say we read in a straight line. "The frantic care ... you ... just ... be reading. The eye jumps around. If you are a ... and ... ore comfortable ... in a pool of text, the information ... you hop backward and forward th ... scanning ... You could ... look ... these ... excise ... corporeal details, wouldn't you miss ... thing?)

***

虚构作品是线性的，并不意味着我们是以直线方式阅读的。我们的眼睛会在行间跳跃，我们的头脑也是如此。普鲁斯特用"辛劳不辍的双眼"来形容阅读。目光会到处跳跃。如果你读书很快，能十分从容地在一堆文本中分辨出哪里藏着你在寻找的信息，那么你就会在书中前前后后地跳读。在粗略浏览的时候，你可能会扫视到人物和他们的外貌特征。你可以仅仅为了这些内容而阅读。不过我们如果像这样将有形细节以外的东西全都剔除，岂不等于丢弃了所有的内容？

* * *

右页:《日瓦戈医生》

二

I

神甫
The priest,

一个十岁的男孩
A ten-year-old boy

他那长着翘鼻子的脸   脖颈直伸着
. His snub-nosed face   . His neck
stretched out.

一个黑衣人
A man in black,

草图

诚如奥利弗·萨克斯[22]医生在《幻觉》一书中提醒我们的："人不是靠眼睛看见的，而是靠脑子。"

而我们的大脑对视觉器官经历的坎坷浑然不知。

我们对原来残破的草稿加以修补——把阅读得来的草图拿来填充，打上阴影，填入色块……

我们的头脑将散落的碎片加以整合，从区区一个轮廓中创造出整幅图像。（不过我在这儿用了一个视觉比喻来形容一个语义学过程。）*

*对理解一个命题来说，我们根据它画一幅素描，比想象与它有联系的东西更加关键。

——路德维希·维特根斯坦《哲学研究》

The Metamorphosis

wingcase

Greysmith

Convexi fld.

I

Z 2

As Gregor Samsa awoke one morning from unea
dream he found himself transformed in his bed into
gigantic insect. He was lying on his hard, as it we
armor-plated, back and when he lifted his head a litt
he could see his dome-like brown belly divided into s
corrugated
arched segments on top of which the bed quilt cou
hardly keep in position and was about to slide off co
pletely. His numerous legs, which were pitifully th
compared to the rest of his bulk, waved helplessly befo
his eyes.

What has happened to me? he thought. It was
dream. His room, a regular human bedroom, or
rather too small, lay quiet between the four famili
walls. Above the table on which a collection of clo
samples was unpacked and spread out—Samsa was
commercial traveler—hung the picture which he h
recently cut out of an illustrated magazine and put in
a pretty gilt frame. It showed a lady, with a fur cap

有些人真的会在阅读时画草图，期望将他们在书中得知的人物相貌和地点加以确认、稳定和巩固。纳博科夫就是如此。（左图为他画的卡夫卡笔下的格里高尔·萨姆沙。）

***

伊夫林·沃同时是插画家。爱伦·坡是娴熟的肖像画家。赫尔曼·黑塞是位技艺精湛的画家，斯特林堡也是。艾米莉和夏洛蒂·勃朗特姐妹也作画，歌德也一样。还有陀思妥耶夫斯基、乔治·桑、维克多·雨果、拉斯金、多斯·帕索斯、威廉·布莱克、普希金……

吉卜林画作

爱伦·坡画作

加西亚·洛尔迦画作

波德莱尔画作

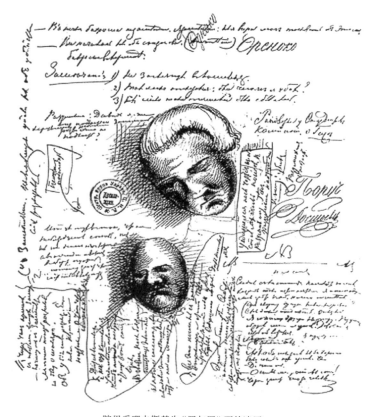

陀思妥耶夫斯基为《罪与罚》画的速写

作家有可能只是画着玩儿。但某些时候绘画对作家来说是具有启发作用的工具。他有时会画出一位人物或一个场景，从而更好地用语言描摹它的模样（草图会有助于作者描写人物，因为他可以描述具体的草图作品，而非描述他脑中朦胧不清的所思所想）。

乔伊斯画的利奥波德·布卢姆（《尤利西斯》中的主人公）

这些画都是私有的作品，只为作者自己而画（正如一部小说的初稿一样）。

也有些作者会闲来无事地信手涂鸦，我知道乔伊斯曾经随手几笔涂了一张利奥波德·布卢姆的肖像，不过他并未想让读者看见这幅画。*

（乔伊斯的这幅涂鸦不应当在我们阅读言语化肖像时提供信息，何况这幅肖像与我心目中的利奥波德·布卢姆毫无相似之处，乔伊斯画的布卢姆是一幅夸张漫画。）

总体来说，作家的语言才华与他们的艺术作品的差别之悬殊，无论谁想在其间寻找跨媒介意义，往往都会无功而返。比如

---

* 不过他同意了让亨利·马蒂斯为《尤利西斯》绘制插图。马蒂斯显然从没读过乔伊斯的书，能把荷马的作品呈现出来，他似乎就满意了。[23]

（上图为威廉·福克纳的画。从中我们无甚可知。）

福克纳的文章风格与他的画风就截然不同。

卡夫卡画的则像是约瑟夫·K，或者类似的一个人物（抑或是卡夫卡自己？）

捷克诗人古斯塔夫·雅诺施提到卡夫卡画画这件事时写道：

我走近他时，他搁下笔，纸上画满了疾笔绘成的奇奇怪怪的人物素描。

"你在画画？"

卡夫卡对我抱歉地笑了笑："没有，这些都是瞎涂的。"

"我能看一眼吗？你知道，我对画画很感兴趣。"

"可这些画不是拿给别人看的，纯粹是个人的东西，所以如同象形文字一样很难看懂。"

他拿起那张纸，双手将它揉成一团，丢进了桌边的废纸篓。"我的人物没有严格意义上的空间比例，他们没有属于自己的视域。我想要捕捉的人形视图处于纸面之外，在铅笔没削的这头——我自己这儿！"[24]

卡夫卡对他的草图的说法，很大程度上也可以用来评论他的小说。我好奇他要求马克斯·勃罗德[25]焚毁他的作品时是否也出于同样的理念，而那些作品的视域也是远超于"纸面"之外的。不是说卡夫卡的素描与他的作品一样举足轻重，而是我怀疑这些画并不能解读卡夫卡文章的风格。

***

有些作者的草图取材于他们自己创造的世界，有时以插画的形式出现，用来辅助文字。（这些人是作家兼插画家。）威廉·萨克雷就是一个。下面就是萨克雷为自己的小说《名利场》作的插画之一：

小说和故事一旦加入了实实在在的图片（插图本小说），我们读者就解除了想象画面的责任。亨利·詹姆斯在小说《金碗》的序言中就这样说道：

> 若有任何东西替眼前的一段文字实现了卓然有趣的效果，或是替一幅图画营造了丰富饱满的画面，那它本身就做了件最糟糕的事……

***

我发现，在阅读有插画的书时，书中的绘画会构成我脑中的图像——但只有在看着图的时候才会这样。过了一阵子（至于是多久，取决于插画在文中出现的频率），由那幅插画而产生的脑中的画面则会渐渐淡薄。*

---

*除非，你在阅读的这本书每一页上都有插图，那么你就全然无法逃脱他人强加给你的想象了。咳咳。

维特根斯坦（这回是在他的《哲学语法》中）写道：

> 有时我们的确能在脑海中看见回忆里的画面，但一般而
> 言，它们都散落在记忆中的各处，就像一本故事书中零
> 散的插图。

这听上去有理，也适于解释阅读时的想象——不过仍有那个
问题：

我们在阅读没有插画部分的故事时，究竟看见了什么？

技艺

评判一幅草图，会看它是否忠于绘画对象，或是看它相对而言具有多高的幻想水平。但一幅草图的质量大多取决于绘图者的技艺。那么对于我们通过故事用想象力构造的画面——也就是我们脑海中的草图——是否也是同样的道理？是否某些读者的想象力比其他人更强？还是阅读想象力是每个人都被统一赋予的一项资源？

我觉得想象力如同视力——是多数人拥有的一种官能。不过，当然并非每个有视力的人的视觉灵敏度都是相同的……

1   A   20/200

2   N N   20/100

3   A K A   20/70

4   R E N I N   20/50

5   A A N N A K A   20/40

6   R E N I N A A N N   20/30

7   A K A R E N I N A A   20/25

8   N N A K A R E N I N A   20/20

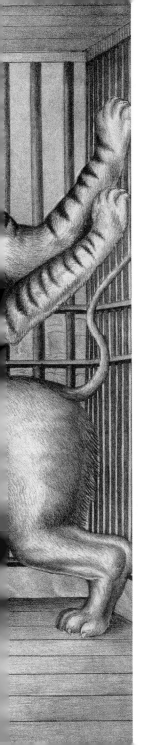

我们有时说某些人"想象力多么惊人"，意思是"他们多么有创造力"，或者糟糕点，"他们多么荒唐欺人"！无论是哪一种，我们都是在评价一个人凭空想象的能力。而当我们表扬一位作者的想象力时，我认为表扬的其实是他转述图像的能力。（并非这位作者的思想比我们更加开阔——或许恰恰相反：他不像我们一样异想天开，故而更容易制服自己的思绪、驯化它们、将它们圈起来呈于纸上。）

是否只有在我们想象力差的时候，故事和其中的主角看上去才会显得潦草粗糙？

幼儿读图画书，少儿读有章节和插图的书，最终青少年晋级到了阅读纯文字书籍的水平。之所以有这个过程，是因为我们学习阅读一种语言的速度是缓慢的、循序渐进的；而我好

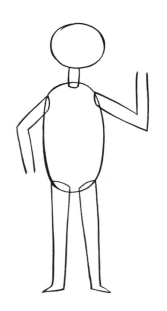

奇的是，久而久之，我们是否也能学会独立自主地为故事勾勒画面。（言下之意是我们的想象力可以随着时间推移而进步，事实也的确如此。）

所以我们能不能练习想象——就像我们练习画画一样——从而更娴熟地去想象？

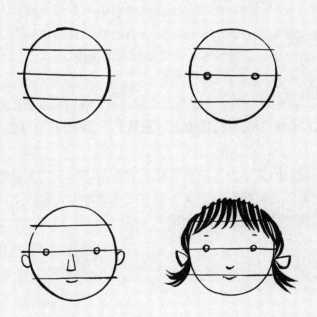

如果一位读者的想象力可能比另一个好或差，那么一种文化是否可能比另一种文化更善于想象？

随着文化的成长发展，我们用以想象的肌肉是否日渐式微？在摄影和电影时代之前，我们构思的画面是否比现在更好、更清晰？我们的记忆能力退化了，我怀疑我们的视觉创造力也是如此。在我们的文化中，过度的视觉刺激已经是老生常谈的问题，从这个问题中我们可以得到令人堪忧的结论。（有人说，我们的想象力正在死去。）不管我们的想象力是否还相对强健，我们仍然在阅读。瞬息之间层出不穷的图像并未使我们与文字隔绝。我们阅读，因为书籍赐予我们独一无二的愉悦，这是电影、电视等形式无法馈赠的愉悦。

书籍予以我们某种自由——当我们阅读时，我们可以使思想保持活跃而不受束缚；我们是创造（想象）故事的全程参与者。

抑或，我们的想象力无法在模糊不清的粗浅印象之上更进一步，这也许才是我们热爱文字故事的关键理由。换言之，有时我们只愿看到非常有限的内容。

那时没有"电影"，戏院也只是偶尔允许开放；但当你学会了阅读后，整个漫长的下午，你可能就会聚精会神地沉浸在《苏格兰领袖》中。在我看来，惬意阅读的状态之美在于你有时间去想象出一切。不一定要有人告诉你海伦·玛尔很美。只需她开口，用你仿佛亲耳听见的迷人的声调说，"我的华莱士！"你就会知道她是全苏格兰最可爱的人儿。

——莫里斯·弗朗西斯·伊根《一位爱书人的自白》[26]

共同创作

恩斯特·贡布里希告诉我们，在欣赏艺术的过程中，没有所谓的"纯真之眼"。[27]在艺术上，单纯地接收意象是不可能的。阅读也是如此，我们就像画家、作家，甚至游戏中的玩家一样，会做出选择——我们具有能动性。

当我们想要共同创作时，我们就阅读。我们想参与其中，想将其据为己有。我们宁要草图，不求逼真——因为至少，草图是属于我们的。*

＊＊＊

*不过，依然有读者声称自己想要"迷失"在故事中……

"说真的，好书都有一个十分奇妙的特点，"普鲁斯特在谈论阅读的书中（抑或更准确地说，是在他谈论拉斯金论阅读的书中）这样评论道，"……那就是……对于作家来说是'结局'的东西，对于读者来说却是'刺激'。"[28]

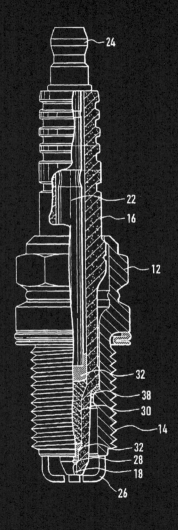

24

22

16

12

32

38

30

14

32

28

18

26

好的书刺激我们去想象——去填充作者的暗示。没有共同创作的行为，没有个性化，留给你的就只有这个……

←————————————————— 这就是你的安娜·卡列尼娜。

（这张图——是一种掠夺行为。）

＊＊＊

在想象一本书的内容时，我们渴望这本书能予以我们源源不断、天马行空的思绪。有些东西，我们不希望它展现在眼前。

卡夫卡曾给他的《变形记》的出版商写信，担心封面设计师会琢磨着画出他那只虫子的模样来：

不要，千万不要！不能描绘这只虫子本身，哪怕是远景也不行。

这样慌慌张张地阻止别人，卡夫卡是在为他的读者保留想象的余地吗？一位卡夫卡作品的译者向我表示，卡夫卡也许希望读者看见这只虫子，不过是由内向外地看见。

还有一种选项：想象画面或许要求读者一方花费工夫，但读者也可以选择摒弃图像化，支持概念化。

我越是了解世界（它的历史、地理），我就越是接近我们所认为的"作者视角"的状态。我可能到访过赫布里底群岛，或是读过其他描写这个群岛的书；我可能见过维多利亚时期的服装和室内装潢的插画和照片，也许了解过那时的风俗……知道这些事物能够帮助我想象拉姆齐夫人的画室、餐厅的样子，且不乏有几分逼真。

也许作者对于这幅场景的印象来自于现实中的某个地点，我们从一张照片或一幅画中就能亲眼看见?《到灯塔去》场景中的这座房子，是否来自于伍尔芙自己的住所? 这诱使我想去调查一番（我另一位朋友在读《到灯塔去》时也是如此）。找到一张斯凯岛灯塔的图片是轻而易举的事，但这会不会剥夺了我的一些什么? 我对这本书的视觉印象会增加可靠性，却失去了亲密感。（在我看来，拉姆齐夫人宾客盈门的夏日居所，就像是我家夏天在科德角租住的杂乱无章、吵吵闹闹的屋子。这幅科德角的图景是我想象的基础，它让我与这本书产生关联。）我那位朋友曾想向我描述伍尔芙在赫布里底群岛的房子，我阻止了他。我心目中的拉姆齐夫人的房子是一种感觉，不是一幅画面。而我希望保留这种感觉，不希望它被事实取而代之。

当然，那所房子也许不仅仅是一种感觉……但感觉处于首要地位，画面次之。

对那所房子的概念以及它在我心中唤起的情感，仿佛一个复杂原子的核，周围环绕着各式各样的声响、飞驰而过的画面以及一整串我个人的联想。

我们在阅读时"看见"的画面是属于个人的：作者在写这本书时描绘的画面反而是我们没有看见的。也就是说：每个故事都会被我们调整转变，用想象力去诠释，用联想去解读。它是属于我们的。

***

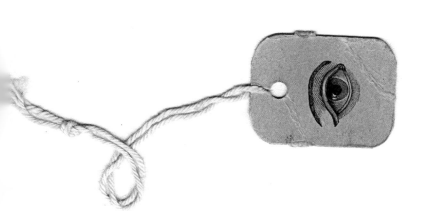

有一位朋友在美国奥尔巴尼郊外长大。他一直是个书迷，从小就热爱阅读。他告诉我，每次他阅读时，会在脑中把故事发生地放在自家街区的后院里和小道上，因为除此之外再无其他参照系了。我也有同样的经历。对我来说，大部分我读过的书的场景都在马萨诸塞州的剑桥市，那是我长大的地方。于是那些史诗般宏大的际遇——比如约翰·克里斯朵夫、安娜·卡列尼娜、莫比·迪克的故事——都是在一所本地公立学校或是我邻居的后院里上演的……想到这些浩荡的长篇叙事就在这样平凡的环境中重塑，不免觉得古怪甚至滑稽。这些遥远的奇遇，受我们意志的迫使，竟屈居于这般了无生趣、平淡无奇的场景之中。然而我阅读这些书的个人享受却没有因环境的反差而削减，也没有被这种个人化的阅读体验而贬抑。从某种程度上说，我和朋友所做的事情，是所有人坐下来阅读一部虚构类作品时都会做的。

***

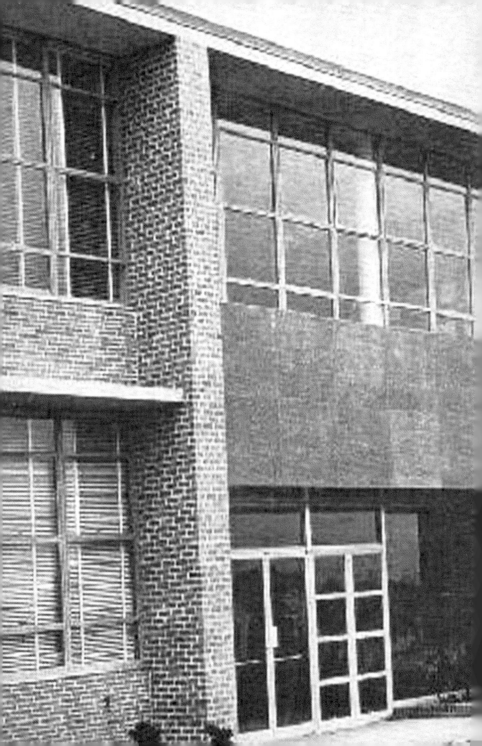

我们用熟知的事物将书殖民化，把书中的人物放逐、调遣到
自己更为熟悉的土地上。

我们也会在阅读非虚构作品时进行同样的置换。

我在阅读一本关于斯大林格勒战役的书时，在我的想象中，炮火、占领、包围、解放，全都发生在曼哈顿，或者说是一个替身曼哈顿，一个颠倒的曼哈顿，一个与史实相悖的曼哈顿，一个在苏联统管下变换了建筑风格的曼哈顿格勒。

比起那些基于真实场景的虚构故事，这里的区别在于，我感到一种奇怪的道德义务促使我去挖掘真实的斯大林格勒的信息。我自定义的斯大林格勒是个假想，尽管我个人定制的场景能帮助我对这出不同凡响的史剧中的受难者——在那个真实的悲剧事件中的真实受难者——产生认同感，但视觉替换的行为似乎有失尊重与道德。*

*然而每次我读非虚构类作品时，仍会将自己移植到叙事环境中。我怎能控制得了呢？

当我们观看舞台上表演的戏剧时，采用的就是另一套标准了。任凭我们怎样想象哈姆雷特都行，因为每一次制作演出时，扮演他的演员都有可能是不同的。我们所指的哈姆雷特并非一个人物，而是一个角色，他的形象就是用来被占据、被演绎的。而丹麦就是一个场景，它可以是任何一个导演和舞台设计师想象中的地方。

（也许这些术语——角色和场景——应该用于描述小说？）

214

难道阅读一本小说不就意味着制作某种个人的戏剧？阅读就是饰演角色、装置场景、导演、化装、场面布局、舞台管理……

不过，书暗示表演性的方式与戏剧并不相同。

THE READING IMAGINATION

阅读想象

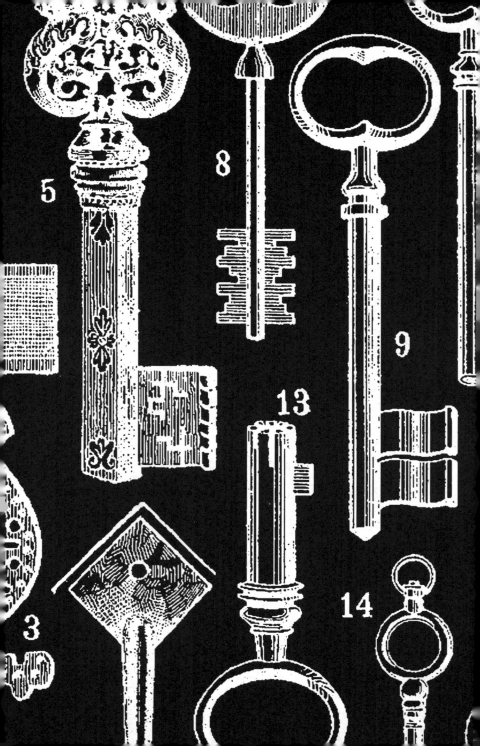

对一个小说家笔下的对象、地点、人物，我们想让我们的成
为他的，而他的成为我们的。这种渴望似乎自相矛盾，这是
一种对接触该书的特权的渴望，也就是一种贪婪。但它也是
对孤独感的防御——我们与作者分享图像……

（然而这样说是否更妥，这图像是借取而来的？甚或是抄袭来的？）

Author	DICKENS, CHARLES
Title	BLEAK HOUSE

Date Due	Borrower's Name
	Vladimir Nabokov

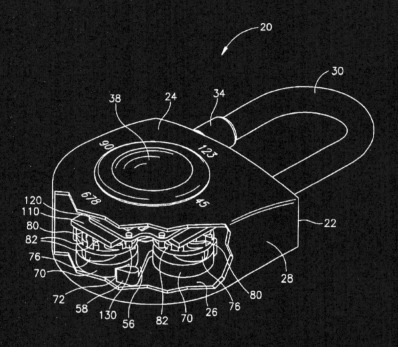

当然我们也怀有这样的理念，即书中蕴藏着秘密，书是缄默不言的。（就像我提到过的：书守护着谜团。）

我们在阅读时可以随心所欲地想象画面吗？作者对我们想象力的边界的限定起了什么作用？

有关共同创作和罗兰·巴特的"作者的移除"：

> 一旦移除了作者，破译文本的诉求就变得不重要了。为文本赋予一位作者，就是为该文本强加了一种限制，提供了一个最终的所指，从而终结了写作。

> 读者……仅仅是一个在单一领域掌握了构成创作文本的所有痕迹的人。[29]

作者的"移除"形容的不仅是一种范式（被动接受"意义"的）的消失，也嵌含了另一种范式的终结——即读者对画面的顺从接受。归根结底，如果我们假定作者已被移除，那么我们从谁那里获取画面呢？

＊＊＊

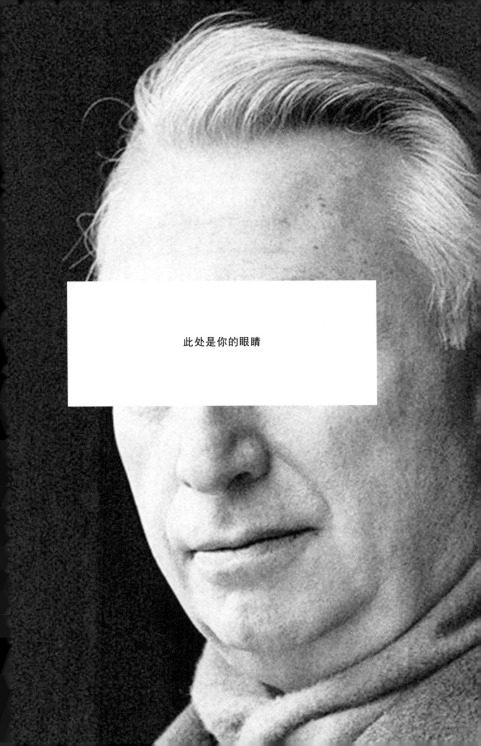
此处是你的眼睛

地图与规则

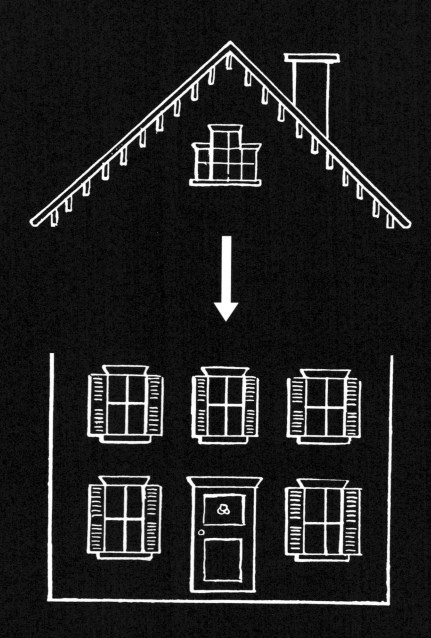

《到灯塔去》一书中的活动是在赫布里底群岛的一所房子内展开的。如果你让我描述一下这座房子，我能告诉你一些细节特征，但就像我对安娜·卡列尼娜的想象一样，我对这所房子的印象不外乎这儿一扇百叶窗，那儿一扇老虎窗之类的。

可是没法防雨啊！那我就设想有一个屋顶。但我还不知道屋顶上铺的是石瓦还是木瓦。木瓦。就这么决定了。（有时我们的决定很重要——有时则不重要。）

我知道拉姆齐家的住宅还有一个花园和一道树篱。看得到海面和灯塔。我知道这个舞台上人物的大致站位。我已经测绘了周遭的地图，但画地图与准确意义上的画画不同——在重构世界在我们视觉中的体现这层意义上，它们是不同的。

（纳博科夫也曾为小说绘制地图。）

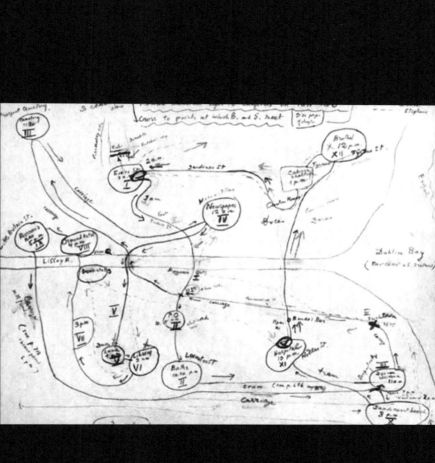

我有时也这么做。我画过《到灯塔去》的地图。

但我还是不能形容出拉姆齐家的房子。

我们为虚构场景设想的地图，就像我们为现实场景绘制的地图一样，具有一定的功能。一份引导你去婚宴的地图不会是一张图画——一张描绘婚宴场景的图画——而是一套指南。而我们脑海中拉姆齐家的房子的地图与此无异——它们支配地图持有者的行动。

威廉·加斯又说道：

> 我想我们的确是会想象画面的。我把手套落在哪儿了？
> 于是我在脑中对整个房间翻箱倒柜一番，直到找到它为
> 止。但我翻箱倒柜的房间是抽象的——是一张略图……而
> 我将房间想象成一系列有可能放手套的地方……

而拉姆齐的房子就是一系列有可能是拉姆齐家的地方。

East lie the Iron hills
where is Dain.

the
Lonely
Mountain

Here was Girio
lord in Dale

Here of old was Thrain
King under the Mountain

The Desolation
of Sma

Far
the North
are
Grey Mountains
&
Withered Heath
hence came the
Great Worms.

West lies Mirkwood the Great
there are Spiders

可视性与可信度会发生混淆。有些书看上去似乎在为我们呈现画面，实际上却是在呈现虚构的事实。或者说，这些书通过不断增加的细节使自己言之有物，令读者信服，托尔金的《魔戒》三部曲就是这样的文字。卷首的地图告诉读者可以了解一下瑞文戴尔的地理位置，附录则提议读者学习精灵语会颇有裨益。（卷首地图总是向读者透露，他们即将开启这样一本书／知识宝库。）

读这样的书需要具备一定学识。（它所要求的学识恰是这类书具有吸引力的一大缘由。）读者可以了解到"中土世界"中的神话与传说，也可以熟知那里的草木风物。（他们也可以用类似的方式探究非虚幻类小说中的虚构世界，例如大卫·福斯特·华莱士[30]《无尽的玩笑》里的"北美联合组织"。）

这些幻影世界需要将故事的成分内容彰显得无穷无尽。作者领着我们在羊肠小径上走着，可我们总有种印象，似乎我们本可以离开既定的轨道，自己开辟道路，漫步到最后，我们也会找到这些世界的不为人知的部分，它们依然完好无损，充满了微妙的细节。

不过，作家为了创造令人信服的世界（或人物），并不需要大量地堆砌细节。

一个几何图形可以由它周界上的几个点来确定——无须其他条件。或者说，规则由此确立。

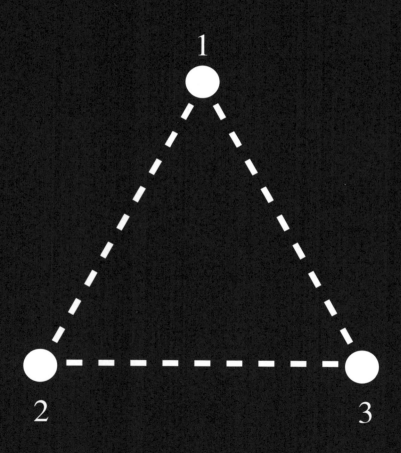

诗人 W.H. 奥登评论《魔戒》时写道："这是一个智思法则的世界。"

一条规则或机制的形成，其适用性是关键。使用者必须有能力一直运用这条规则。（机制和它的运用者必须能够"继续沿用"。）

一个人物也可以适用此理。安娜·卡列尼娜可以由几个不相干的点来定义（她的手是娇小的，她的头发是乌黑卷曲的），或者也可以通过一个机制来定义（安娜体态优雅＊）。

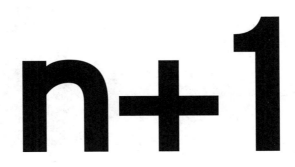

＊小说较早的草稿中安娜的形象与此不同，（理查·佩维尔[31]在新译本的导言中告诉我们）她被描绘成一个"毫不优雅"的粗俗的姑娘。

抽象

不可能的几何形

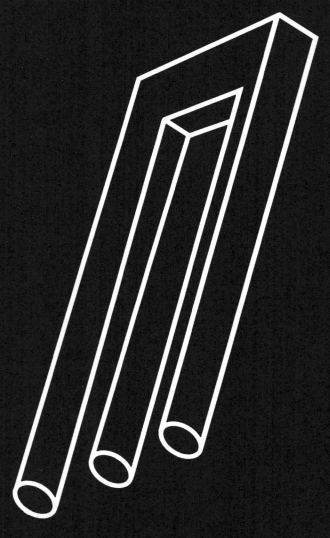

我在看洛夫克拉夫特的一本书时读到一段文字描述了"不可能的几何形⋯⋯"以及"难以言喻、无法想象的恐怖"。

（有时在我们阅读时，会被直白地要求去想象无法想象的事物。）

> ⋯⋯然而在我的想象中，那是一个令人毛骨悚然的回声，从无法想象的外面的地狱中传来，在无法想象的深渊里萦绕。[32]

这是在要求我们不能看吗？

某些文体本身就以这种约定为基础：例如科幻小说、恐怖小说⋯⋯ *

在这些情况下，我会感受到一种间离和错愕——我就是这样演绎"看不见"的。

尽管我被告知无法想象，但我仍会去想。而这时我的想象内容与我对安娜·卡列尼娜的幻想相比，在清晰度、贴切程度上并无增减。

＊＊＊

* 或者是当代理论物理。

"非于无形之中，不能有真正的一体。"

摩西·迈蒙尼德在《迷途指津》中写道，想象上帝"具有躯体，拥有五官四肢"是不可能的事。想象或描述这样一位上帝，会带来一些棘手的矛盾之说，以及其他哲学和神学上的难题。[33]

不少中世纪学者难以接受这一思想——具有"一体性"的上帝居然无从定形。

迈蒙尼德认可的是一种叫作"否定神学"的方法，即人们通过列举上帝不是什么，从而更加接近上帝。

文学人物只暗含了有形性，而我们的想象赋予他们个体形象。但我们也通过人物不是什么来定义他们。

通过这样描述伏伦斯基……

　　他是个体格健硕的男子，深色头发，个子不高……

……托尔斯泰是在告诉我们，伏伦斯基的头发不是金色，而他也并不矮。

***

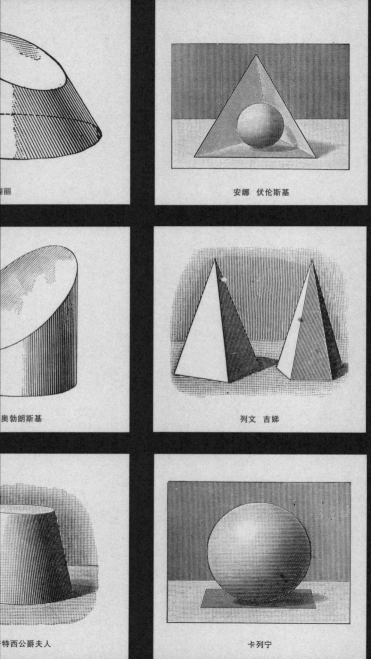

丽

安娜　伏伦斯基

奥勃朗斯基

列文　吉娣

特西公爵夫人

卡列宁

如果我们在阅读时脑中没有画面，那么就是概念的交互——抽象关系的相互交缠——催生了我们读者的感受。这种体验听上去不怎么美好，但事实上，我们听音乐时也是一样。正是在如此相互关联、难以具体描摹的错综复杂之中，才能发现一些最深层的艺术之美。这不是发生在对事物的想象之中，而是在元素的彼此作用之中……

当你聆听音乐时（非标题音乐[34]），你的感受难道因为缺乏画面描述而弱化了吗？你在听巴赫的器乐赋格曲时可能会想到任何事物：一条小溪，一棵树，一台缝纫机，你的伴侣……但音乐里没有任何元素令你想到这些具体的画面。（我觉得，没有才更好。）

为什么读小说时却不一样了呢？因为其中唤出了某些细节和具体的画面吗？这种具体会改变一些东西，但我觉得这只是表面现象。

＊＊＊

我们阅读时究竟有没有想象任何画面？当然，我们总会有一点想象的……并非所有阅读都是纯粹抽象，或是理论概念的相互作用。我们脑中构想的某些内容似乎很有画面感。

做一下这个试验：

1. 想着大写字母 D。

2. 然后想象它逆时针旋转九十度。

3. 接着在你的脑子里将它放在大写字母 J 的顶上。

现在……
在你的
脑海中
是什么
天气？

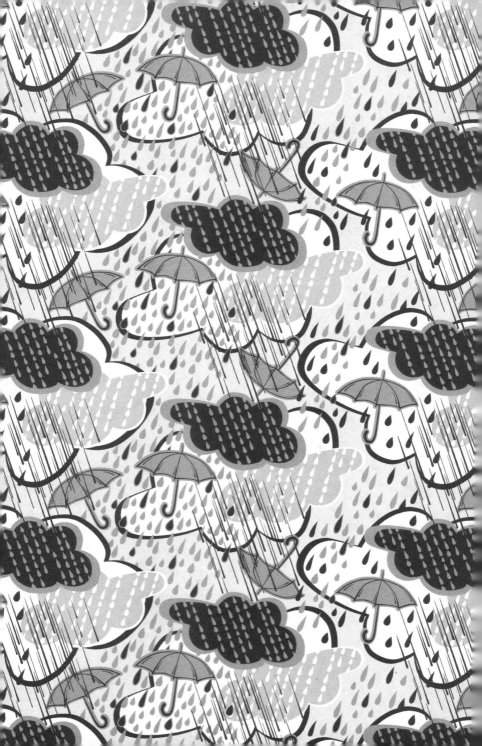

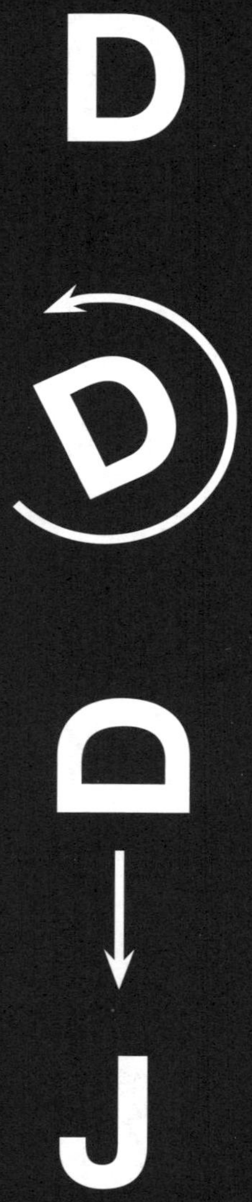
D
J

（我们想到了"雨天"，因为我们能够构建并处理心理图像——而刚才我们也演示了我们的确能够做到。）

（我们可以在脑中作画。）

当然，我们所作的图画是由两个符号或者说字形组成的。而要看见一把真实的雨伞的画面则要难得多……

我们读有所见时，见到的其实是被提示应当看见的东西。

不过……

约翰·洛克说过："每个人都有一项不可侵犯的自由权利，那就是让文字表达自己喜好的观念，因而无人有权力让别人脑中产生与自己相同的观念……" [35]

然而……

这并不完全正确，对吗?

事实上，我可以侵犯你的这项权利，并强制某个画面呈现在你面前——作家就是这么做的——就像托尔斯泰描述安娜和她"浓密的头发"那样。

如果我说出这个词：

"海马"

你能看见它吗？或者能想象看见它了吗，哪怕只是一会儿？

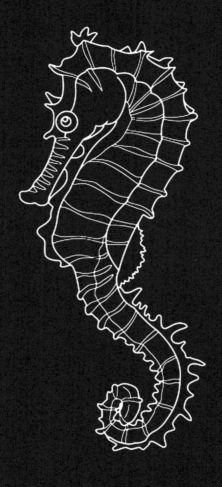

每一只想象中的海马都是不同的，各有各的模样。

但每一只想象出的海马都会有一系列共同特征，它们具有家族相似性（维特根斯坦的说法）……

对于我们想象中的安娜·卡列尼娜们或者包法利夫人们（或者以实玛利们），也许是同样的道理。她们彼此都不相同，但互有关联。

（如果把我们想象出的安娜平均一下，最终能够看到托尔斯泰的安娜吗？我认为这行不通。）

259

眼睛，视觉和媒介

约翰·弥尔顿失明了，诗人荷马据传也是盲人，希腊神话中的先知泰瑞西斯也看不见。尽管想象和洞察力（in-sight[36]）与视觉有区别，我们还是认可将想象比喻成转向内心的行为。想象不存在于非心智的世界。*

我们进一步揣测认为，外向的视觉只会阻碍内向的视觉（荷马和泰瑞西斯的洞见反胜于常人）。

夏洛蒂·勃朗特写道："现在我感到仿佛在蒙着眼走路——这本书[37]似乎给了我双眼……"

* 贝多芬亦然：他听不见。

想象力，可以说是一只"心灵之眼"。

不过我的一位朋友表示，这意味着脑海中的内容是显而易见的——仿佛思想是一个个微小的物件一样。但是我们却看不见"意义"，这与我们看见马、看见苹果或看见你在阅读的这一页书的方式是不同的。

威廉·华兹华斯回忆了他和妹妹多萝西怎样在湖边看见了一片黄色水仙花丛（这是出了名的）。

之后这些花朵（屡次）这样出现在他面前：

> 此后每当我倚榻而卧
> 茫然空虚，心神忧郁
> 它们便在心灵之眼中闪烁
> 那是对我孤独的赐福……[38]

我还是孩子的时候，父亲就鼓励我背诵这首诗，自此我就经常想到它——想到它呈现知觉对象的方式，想到这些对象的后象，想到它们转变成记忆，继而成为艺术。

华兹华斯的水仙花是记忆中的，而非想象中的。那些有着金黄色泽和婀娜身姿的花朵，起初是以感官信息的形式呈现给诗人的。他（应该是）被动地接受了它们。直到后来这些花朵才成为他沉思的饲草、他活跃的想象力的素材。

此时华兹华斯已经内化了这些花朵。但记忆的原材料，如诗中所指，是那些真实的水仙花。

（就是华兹华斯看到的那些花。）

我们没有看见过华兹华斯的"随风摇曳、舞姿翩翩"的水仙花。我们也许见过别的水仙花——但没有见过他的。因此我们必须想象它们，通过诗人的文字——他的模拟——来刺激我们的想象。

但是，注意诗的最后一节，它恰好描述了我们读华兹华斯诗句时的想象活动——花朵朦朦胧胧的金黄色在我们自己的"心灵之眼"中"闪烁"。

***

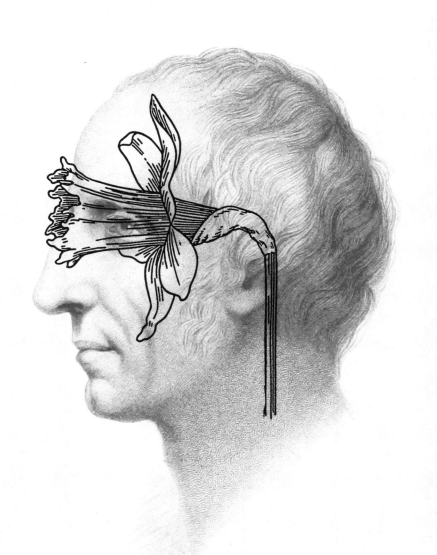

小说（或故事）含蓄地表明了对世界的不同哲学看法。它们会假定或提出一套本体论、认识论、形而上学……有些虚构类作品假定世界的本质即其面目，而其他作品则取笑现有的思维，对它忧心忡忡。但读者是通过一本小说的现象论，也就是一部虚构作品处理知觉（例如视觉）的方式，从而发觉作者真正的哲学理念的。

＊＊＊

如果有一部非戏剧性的文学作品，为我们呈现的是对世界的视觉概念，这样一部全然是表象的文学作品会是怎样的？

> ……我们不再以一位神父、医生或是上帝本身的视角来看待世界（此乃古典主义小说家的重要本质），而是以一个在城市中漫步的人的视角，除了面前的景致之外，他的眼界中别无他物；除了用他自己的双眼，再无其他能力。

（这是罗兰·巴特对阿兰·罗伯-格里耶作品的描述。[39]）

在罗伯-格里耶的作品中，对象的寓意被剪除了，它们不是符号，也不是联想链条上的中途小站。它们没有任何意指，也并非空无所指。

对罗伯-格里耶来说，它们只是纯粹的存在。

> 这四分之一的番茄完美无瑕，是用机器完全对称地切下来的。四周的果肉紧密匀称，颜色像化学试剂那样鲜红，肥厚而均匀地夹在发亮的果皮和子房之间。子房里黄色的成熟种子间距分明，被一层绿色透明的胶质种子包裹住，沿着中央鼓起的胎座排列。胎座略有微粒状纹理，呈浅粉红色，从一端——朝着子房内部——伸出一束白色的脉络，其中一条向种子延伸——但并不明晰。在顶部有个几乎无法察觉的状况：果皮的一角剥离了果肉几毫米而微微翘起。

我曾体验过不带任何喻义地看待世界。我突然之间有了一种思维状态，能意识到自己所处的地形位置，对几何学的认知重新敏锐起来。顿时，整个世界似乎成了一个纯粹的视觉现象——简化到光和光矢量——我则成了照相机，而不是摄影师。年代被搁置一边，构成世界的碎片不再顺从于我的心理和自我意识，而是惊人地直接呈现出来。这种存在状态并非冷漠或不自然，而是一种前意识的奇异状态。

这种状态和这类小说会不会驱使我们运用想象力去看到更多或是看得更清楚?（比如，相比于夏娃的苹果，我们是否会将罗伯－格里耶的番茄看得更仔细，细节更丰富？）

于我而言，并非如此。

***

当我们想象书中的某些内容时，我们身处何地？（所谓的）照相机在哪里？

观察的角度是否完全取决于叙述人称？例如，一个故事如果用第一人称叙述——尤其是用现在时态来叙述——那么我们读者就会自然而然地"从双眼中"看见叙事者的行为。（"我的意识就像是他人的意识那样运作，"乔治·布莱在他的《阅读的现象学》中写道，"我一边阅读，一边心里默念出'我'这个字……但不是指我自己。"[40]）用第二人称叙述时（直接用"你"来称呼），甚至用第一、第二人称复数叙述时（"我们"或"你们"），也有类似的情况。

而在第三人称叙述中，或者是第一人称用过去时态叙述时（就像一位朋友在回忆一个故事），我们便会自然地"俯视"或"旁观"他的行为。我们的观察点与叙事者一样，处于"上帝视角"。*或许在这种情况下，我们会从一台"照相机"跳到另一台"照相机"，用特写镜头捕捉反应，再拉回来看到更广的"镜头"，拍摄到人山人海和天际线：就像把移动摄影车向后拉……哪怕这里使用了无所不知的叙述模式，我们仍然时不时地会掉进第一人称的状态（如同神灵下凡显出人形一样），并且从某个人物的眼中观察外界。

* 游戏设计中就用到了这一概念。

274

不过当然，我们说的这些仍然是关于观赏戏剧和电影的，而不是阅读书籍。我们看到的并没有这么多，作者对叙事人称的选择也并不会改变视觉上的效果。（叙事方式改变的是意义而不是角度，它并没有改变我们看的方式……）

以实玛利直接称呼了我*（"叫我以实玛利吧"），尽管我有时站在他的一边，有时我却会像一只海鸥那样俯视他在新贝德福德的大街上闲逛。或者我又会从以实玛利的眼中第一次惊异地看见他的室友魁魁格。也就是说：我们对叙事者的观察点是捉摸不定、不受限制的，就像作者用想象力创造这些叙述时一样。我们的想象力可以随心所欲地漫游。

* 或者说他称呼的是广义上的"我"，即读者。

276

我们越是频繁地接触电影、电视和电子游戏，这类媒介就越能影响我们的读者视角。我们开始为自己所阅读的内容编制电影和电子游戏。

（说到这种感染力的蔓延，我发现电子游戏在这方面尤具潜力，因为它和阅读一样，都使参与者有了能动性……）

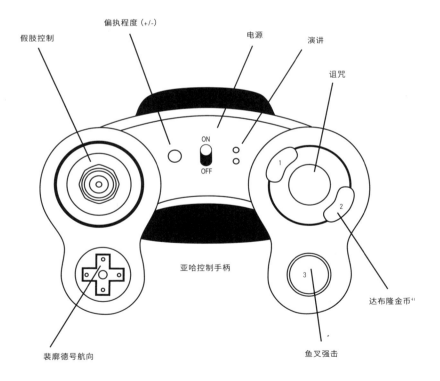

偏执程度 (+/-)

假肢控制

电源

演讲

诅咒

ON
OFF

1

2

亚哈控制手柄

3

达布隆金币⁴¹

装廓德号航向

鱼叉强击

第一人称
主人公视角

奥涅金　　　连斯基 [42]
ONEGIN　　LENSKY

1　　　　0

第三人称
"上帝之眼"视角

奥涅金　　　　连斯基
ONEGIN　　　LENSKY

1　　　　　0

在散文的写作中不存在"特写"这回事。叙述过程中可能会引出细节，但效果与照相机镜头的推进放大是不同的。当一本书中写到了一处细节（比如说奥勃朗斯基公爵的拖鞋），观察者并没有凑近看的感觉，甚至感受不到自己立足点有何变化。在小说里，这些事物不处于空间层面，而是语义层面。照相机放大画面时，镜头和物体之间的关系改变了，因而我们（作为观众）与物体的关系也改变了。在小说中则不然。

就像卡尔维诺说的："语言和图像之间的

距 离 始 终 是

一样的。" ＊

＊ 卡尔维诺写于法国《电影手册》杂志 1996 年 10 月刊。

这就提出了一个有意思的问题：且不谈想象事物的困难，我们能否构想出放置事物的媒介或一套维度，并且事物（以及我们读者自己）可以通过想象在其中移动？我们会想象出空间吗？有"放大"就意味着动作是有环境的——不单单是我们审视下的物件变大了，先前的场景及其内容也应当消失……

3.2

8

1.48
0.45

3 5 1

20
20

7

100
30

ft
m

8

3.5-6.3/18-250

3.5-6.3

MARCEL PROUST
SWANN in LOVE

Translated by
C.K. Scott Moncrieff and Terence Kilmartin
Preface by Volker Schlöndorff

$3.95/394-72769-X

当一部虚构作品搬上了银幕，电影会强有力地抑制读者自己对文本的想象……但除此之外我们还能认识到什么？

观看由书改编的电影，是探索我们阅读想象力的绝佳试验品，所体验到的对比颇具启示意义。（类似地，神经学家通过研究大脑功能紊乱而了解大脑功能。）

当我阅读一本小说或故事时，情节内容——地点、人物、事物等——是隐退的，取而代之的是意义。比方说，一个花盆的图像，会被我作为读者对这个花盆的意义及重要性的估量所替代。

我们无时无刻不在文本中考量这些意义，而我们在阅读时所"看见"的大多就是这样的"意义"。一旦书被改编成电影，就改变了一切……

罗伯－格里耶如此描述这种转变：

……空椅子仅代表着缺席和等待，放在肩膀上的手仅代表着友好，窗户上的栅栏仅代表着无法离开……可是在电影院里，人们看见了椅子，看见了手的动作，看见了栅栏的形状。它们所指的意义依旧显而易见，但无法再独占我们的注意力，而是成了附加的，甚至多余的东西，因为真正影响我们、停留在我们记忆之中、成为关键因素而无法弱化成模糊的头脑概念的，是那些手势本身，是那些物体、动作、轮廓，而画面突然（在不经意间）还原了它们的真实。*

"Flowerpot"

"花盆"

Daffodil
(*Narcissus*)
水仙花
（那喀索斯）

比起电影，小说是否更像是卡通或漫画书？

卡通动画片中有许多让作家受教的地方，至少能教人怎样用寥寥数笔定义人物和物体。*

一般而言，小说人物不仅用"寥寥数笔"创作而成，还像漫画人物一样，在方格中——即场景中——活动，尽管没有被实体的方框围住，它们的轮廓却通过语言描绘了出来。这些场景/方格随后由读者串联起来，他们把这些段落合成了一整篇说得通的故事。

（画格之间的空白是连环漫画的关键特征之一。这些空隙不断提醒着我们漫画家省略了的内容，同时又让我们注意到创作者构思取景的能力。在小说中，画格以及画格间的空隙则不那么明显。）

*伊塔洛·卡尔维诺《文学的作用》。

DAYS PASS AND INTO THE WINTRY WINDS SAILS THE PEQUOD. BUT STILL NO SIGN OF THE MYSTERIOUS *Captain* **AHAB**

SUDDENLY, ONE DAY...

QUICK, QUEEQUEG, LOOK!

CAPTAIN AHAB!

OLD THUNDER, HIMSELF!

AFTER A FEW MINUTES, STUBB, IN PASSING, DISTURBS THE CAPTAIN...

WHY DO YOU DISTURB ME, STUBB! DOWN...DOWN TO YOUR KENNEL!

YOU CAN'T CALL ME A DOG, AND GET AWAY WITH IT!

THEN I'LL **CALL** YOU A **MULE** AND A **PIG,** TEN TIMES OVER!

NOW GET!

knew he was gc
rope's final end
an oarsman, an
For an instant,

'The ship? Gre:
dim, bewildering
as in the gaseous
of water; while f
once lofty perche
sinking look-outs
the lone boat itse
every lance-pole, :
and round in one
out of sight.
But as th l

作者可能会让我们注意到文本的局限性——文本无法允许读者同时观看多个动作、角色等。

例如，在《白鲸记》的尾声，以实玛利告诉我们：

> ……我就漂浮在随后的现场的外围，而且把它看得一清二楚……

（注意，这里的"外围"就变得像漫画格子之间的空隙了。）

***

记忆与幻想

我们的许多阅读想象包含了视觉上的自由联想。我们的许多阅读想象并未受到作者文本的束缚。

（我们阅读时会做白日梦。）

一本小说令我们动用阐释的技巧，也令我们神思漫游。

. . . It seemed as if he were lying upwards somewhere, ...
hing was vanishing from his sight . . . Inadvertently moving h
he suddenly felt the twenty-kopeck piece clutched in his fist. H
d his hand, stared at the coin, swung, and threw it into the wate
e turned and went home. It seemed to him that at that momen
cut himself off, as with scissors, from everyone and everythin
reached home only towards evening, which meant he had bee
g for about six hours. Of where and how he came back, h
bered nothing. He undressed and, shivering all over like a spen
lay down on the sofa, pulled the greatcoat over him, and imm
sank into oblivion . . .

he dark of evening he was jolted back to consciousness b
e shouting. God, what shouting it was! Never before had he see
rd such unnatural noises, such howling, screaming, snarlin
blows, and curses. He could never even have imagined suc
ness, such frenzy. In horror, he raised himself and sat up on h
ormented, and with his heart sinking every moment. But th
g, screaming, and swearing grew worse and worse. And the
great amazement, he suddenly made out his landlady's voice. Sh
owling, shrieking, and wailing, hurrying, rushing, skipping ov
, so that it was even impossible to make anything out, pleadi
nething—not to be beaten anymore, of course, because she w
mercilessly beaten on the stairs. The voice of her assailant b
so terrible in its spite and rage that it was no more than a ras
r assailant was also saying something, also rapidly, indistinctl
ng and spluttering. Suddenly Raskolnikov began shaking like
e recognized the voice; it was the voice of Ilya Petrovich. Il
ich was here, beating the landlady! He was kicking her, poun
r head against the steps—that was clear, one could tell from t
, the screaming, the thuds! What was happening? Had t
turned upside down, or what? A crowd could be heard gathe
all the floors, all down the stairs; voices, exclamations could
people coming up, knocking, slamming doors, running. "B

阅读想象中的联想是较为松散的——但它不是随机产生的。

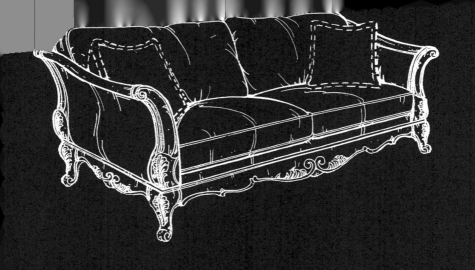

（我们的阅读想象也许并没有明显的协调一致性，然而它们仍
具有意义。）

由此我想到，也许记忆——作为想象的素材，与想象紧密相关——从感觉上说与想象类似；而想象从感觉上也与记忆类似，并且由它构成。

想象构成了记忆；记忆构成了想象。

我又在读狄更斯的书（《我们共同的朋友》），想象着书中的一些事物——一个工业港口：有一条河，有船，有码头，有仓库……

我想象这个场景时所用的素材是从哪里获取的？我搜寻着记忆，想找到一个有着相似的码头的地点。找了很久。

可是接着我想起了儿时和家人的一次旅行，到过一条河、一个码头——那个码头和我刚才想象的一模一样。

后来我意识到，有一次当一位新朋友向我描述他在西班牙的家时，提到那里有个"码头"，而我想到的也是同一个码头——我儿时旅途中看见的这个码头，我在读小说产生想象时"使用过"的码头。

（我有多少次使用了这个码头？）

想象小说中的事件和设计，不经意间就让我们向自己的往昔投出一瞥。

（我们也许会像搜寻我们的梦境一样地去搜寻我们的想象，寻找遗失经历的蛛丝马迹和残存碎片。）

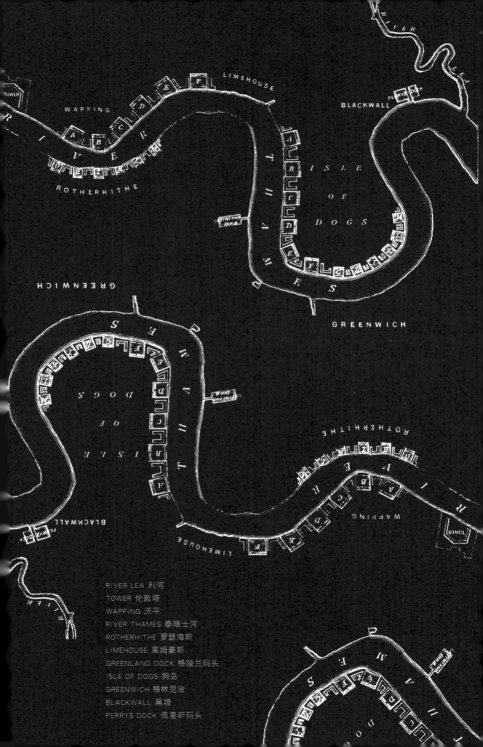

RIVER LEA 利河
TOWER 伦敦塔
WAPPING 沃平
RIVER THAMES 泰晤士河
ROTHERHITHE 罗瑟海斯
LIMEHOUSE 莱姆豪斯
GREENLAND DOCK 格陵兰码头
ISLE OF DOGS 狗岛
GREENWICH 格林尼治
BLACKWALL 黑墙
PERRYS DOCK 佩里斯码头

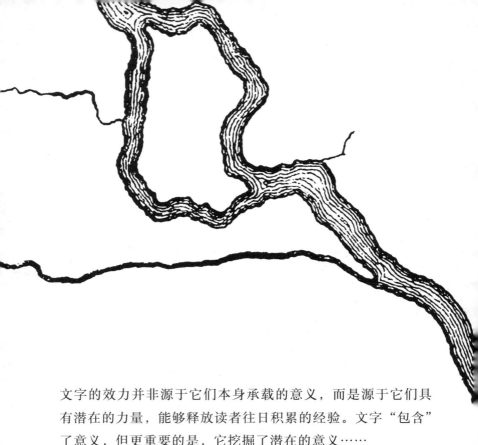

文字的效力并非源于它们本身承载的意义，而是源于它们具有潜在的力量，能够释放读者往日积累的经验。文字"包含"了意义，但更重要的是，它挖掘了潜在的意义……

***

河流这个词，包含了所有的河流，如百川到海似的汇入这个词中。不仅如此，更重要的是它包含了我的所有的河流：我能想起的每一条我看见的、游过的、捉过鱼的、聆听过的、听说过的、直接感受到的或是以其他间接方式受过其影响的河流。这些"河流"是互相嵌合的潺潺细流，无穷无尽地为小说供给激发想象的力量。我读到河流这个词，不管有无上下文，都会从它的表面向下深入挖掘。（我是个小孩子，在烂泥潭里艰难地走着，脚陷在泥里被河底割伤了；或者那是我窗外的那条灰蒙蒙的河流，在我右边，公园树林的另一头——这会儿抹上了一层冰；或者——这简直是我少年记忆中地震级别的情色画面了——那是春日里，在一个异国城市，一个女孩站在河堤上，一阵旋流掀起她的裙裾……）

这就是一个词的主宰性的力量，充溢着各种相关的联想。如此想来，我们从作者那里需要的少之又少。

（我们已然被河水注满，只欠作者在这心湖上轻轻一击。）

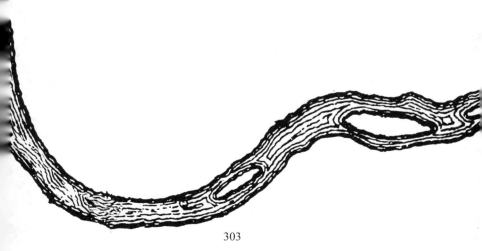

通感

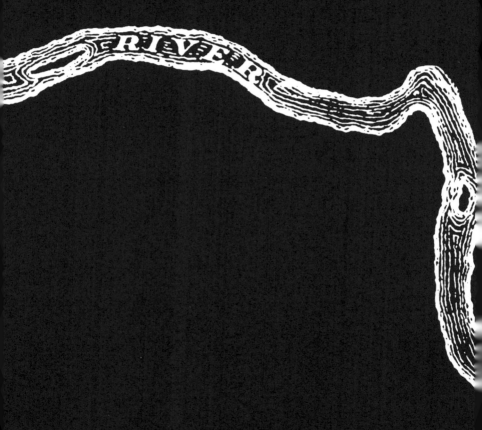

河流

这个滑溜溜的庞然大物蜿蜒曲折，"咯咯"笑着超前奔去，"咕"的一声抓住了什么，下一刻又为新的玩伴哈哈一笑，撒手将刚才抓住的东西扔了开去。即便新的目标一时间挣脱它的钳制，下一刻也会再次落入它的掌心。整条河都在摇曳、颤动，闪闪发光，明明灭灭，打着旋儿地沙沙作响，叽叽咕咕地冒着泡泡。

——肯尼思·格雷厄姆《柳林风声》[43]

上面这段文字并没有强烈地唤起我们对一条河流的视觉想象，*却唤起了我们的一种感受：在一条河边十分欢乐的感受。(我们大概都记得这种感受。)

我们在阅读时体验到的多数感受是两种知觉的交叠，或是一种对另一种的取代——一种通感现象。我们看到了一个声音，听到了一种颜色，嗅到了一个情景，诸如此类。我前面写到我在河流里艰难跋涉，陷在烂泥潭里之类的，我的意图是——也许你阅读时感觉得到——让它产生一道旋流，让你的膝盖以下感到一阵寒凉，双脚沉重起来……

---

*我们常把阅读时沉浸其中、顺势漂流的状态比喻成在水上漂浮：我们仿佛坐在一艘无桨的船里，被故事带着走。这个比喻体现了一种被动性，这与我们阅读时头脑耗费的工夫是相悖的。有时我们必须逆着水流用力划，或是小心绕过凸出的礁石。哪怕我们只是沿着岸边行驶，领着我们的那艘船其实是——我们自己的头脑。

下面是伊迪丝·华顿[44]的《欢乐之家》中的一段精彩人物描写：

> 她迈着轻快的大步与塞尔登并肩走着的时候，他意识到自己与她如此亲近，是种肆意的享受：她娇小的耳朵的造型，她头发向上卷曲的波浪——以前她的头发不曾打理出这样的微微光泽吧？——还有她浓密而笔直的黑色睫毛。

知道这个人物头发的造型、她睫毛的浓密程度等固然有用，但真正传达给我们的是一种韵律。这种韵律最终表现出了一个年轻男子走在一位年轻女子身边时欣欣然的感受。他越来越愉悦的心情不是通过语义传递的，而是通过声音——你听：

"轻快的大步（long light step）……肆意的享受（luxurious pleasure）……黑色睫毛（black lashes）……"

这段文字押的头韵，分明是在歌唱。

"La la la la

（也就是说，有时我们会混淆所见与所感。）

任何一位诗人都会告诉你，文字的韵律、语体和拟声的效果会在听者和读者（也就是默听者）的脑中营造通感的传递。

从文字中，可以产生音乐。

> 西风微拂，如曲调轻奏，
> 小溪潺湲，似节拍畅流；
> 但若惊涛触岸，怒浪咆哮，
> 诗文当如洪流，嘶哑狂暴；
> 埃阿斯举起巨石，奋力掷出，
> 诗句也艰似分娩，字斟句酌；
> 不似卡米拉掠过荒野般迅捷如飞，
> 穿越谷地而不折一枝，跋涉沧海似蜻蜓点水。*

（也是一篇我在学校时必背的诗歌。）

la la la la la la la la la la la

*出自亚历山大·蒲柏[45]《批评论》（*An Essay on Criticism*）。

于是我们相信，我们能听见书中所言，听得真真切切……

阿隆·科普兰[46]认为我们聆听音乐可分为三个"层次"：感官层次、情感层次以及语义/乐理层次。对我来说，感官层次最易遗忘、最难回忆。如果我想象着"听到"贝多芬第五交响曲《命运》的开头，我会想起持续不断的下行装饰音，我听不见"tutti"（全奏），也听不见乐团中每一件独立的乐器。我只听见音符的外形和它们所表述情感的性质。奇怪的是，我却能回忆起歌手的声音，难道是因为我们自己就可以从我们体内制造出声音？

我们能听见人物的声音吗？（这似乎比看见他们的脸要切近一些。）我们在不说话的时候，当然会想象自己能在脑海中"听见"自己的声音。

公元前三千年的阅读……或许就像是听见了楔形文字的声音，也就是通过看到的图形符号幻想出讲话的情景，而不是用视觉方式阅读我们意想中的音节。
——朱利安·杰恩斯《二分心智的崩塌：人类意识的起源》[47]

之前我们读到，普鲁斯特形容阅读时的体验是"辛劳不辍的双眼……"。

在这句话最后他说道："……而我的声音，悄无声息地跟随着。"

我们用跨感官的类比来摸索世界——用一种感觉描述另一种感觉——不过大多数的类比都是空间上的（例如未来是在"前"方的，急促振动的音符是"高"亢的，欢乐是"高"兴的，而悲伤是"低"落的）。我们想象故事是有"生命线"的，我们将它的价值、情节的峰谷等模糊不清的概念由此及彼加以整理，就像绘制一幅图表一样。

库尔特·冯内古特在他的演讲《简析故事形态》中就提出了这样一幅信息图，展示了故事情节的基本走势。我自己也画了一幅……

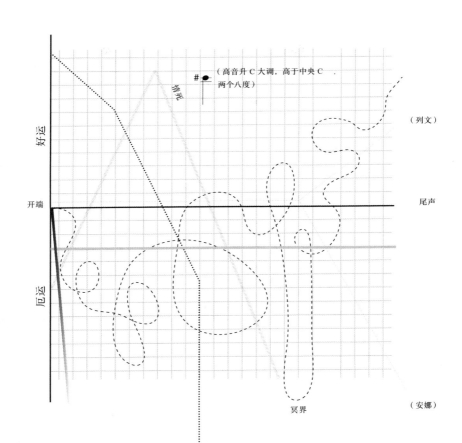

（高音升 C 大调，高于中央 C 两个八度）

好运

开端

厄运

情死

冥界

（列文）

尾声

（安娜）

《泰特斯·安德   《安娜·卡列
洛尼克斯》   尼娜》   《局外人》

《奥德赛》

《特里斯坦与
伊索尔德》   《审判》

劳伦斯 · 斯特恩提出这个概念时更早：

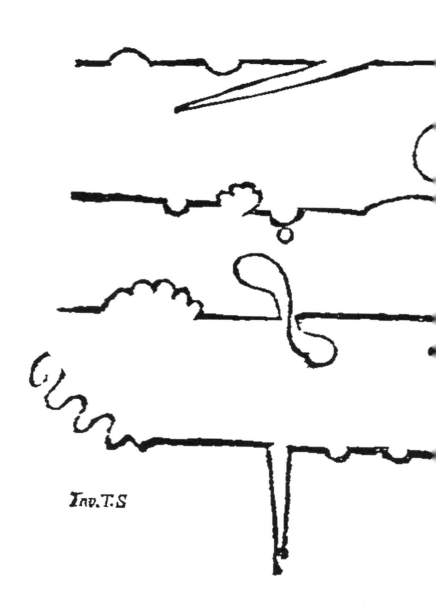

Inv. T. S

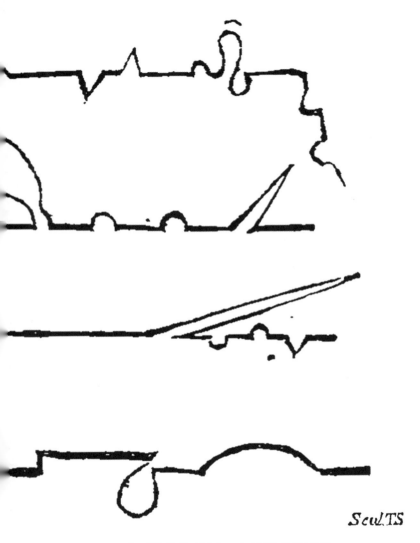

Scul.TS

《项狄传》插画，也是该书故事线。

当我沉浸在书中，我的脑中就开始形成相应的视觉图案……

在《美国》一书中，卡夫卡对纽约城的想象所蕴含的向量：

无论在清晨抑或在良宵的美梦里，这条马路总是交通拥塞。向下望去，它呈现着一种不断变化的、撒布得密密麻麻的混杂图景，即由变形的人体和各类车辆的车顶所组成的混杂图景。这混杂之中又生出另一种由喧嚣、灰尘和各种气味组合的多元混杂。而这一切无一不被一种强光抓住和照透，这强光被各种各样的物体所分散，带走又带来，它出现在着迷之人的眼前是多么具体有形，仿佛马路上空有一块硕大无朋的玻璃笼罩万物，但它每时每刻又被各种力量打碎……[48]

或是博尔赫斯的迷宫……

我进过迷宫

的这些例子是不是夸张；只知道多年来它们经常在我的噩梦中

到处是走路不通的走廊、高不可及的窗户、

通向斗室或枯井的华丽的门户

迷宫为的是迷惑人们；它的富于对称的建筑服从于这个目的

或是路易·阿拉贡的《巴黎的乡下人》中那些相互交叠起伏的波浪线：

我惊异地看见它的窗户浸淫在一片绿莹莹的、几乎

同我小时候看到的鱼身上发出的光一样……

深海生物般的发光属性，仍然难以用物理阐释说

从拱形屋顶上传来。我认得那声音：这和贝壳里的声音是一样的

（尽管很难说清，这些图形究竟是被看到了，感受到了，抑或——只是被理解了。）

来自海底的光晕中，光源不明。我记得这种磷光

我还是得承认，尽管这些藤蔓看似拥有

中超乎自然的光晕，此外还有那低低颤动的声响

了希也影明星们无一例外地为它倾叹。歌剧院大街上一片汪洋

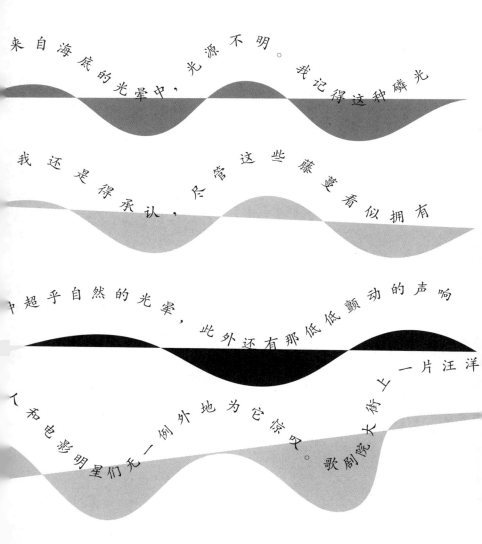

319

能指

值得一提的是，有些时候，我们阅读时看见的全都是文字，我们注视着的就是由字形组成的文字本身，而我们却有本事透过它们——看到文字和字形所指向的东西。文字好比箭头——它们本就是某种事物，而它们又指向某些事物。

***

贝克特如是评论詹姆斯·乔伊斯的《芬尼根的守灵夜》："它根本不是写出来的。它不能拿来阅读——或者说不能单纯拿来阅读。它是用来看的，用来听的。他写的文字并非关于某种事物，而正是那事物本身。"

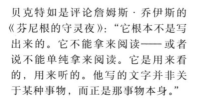

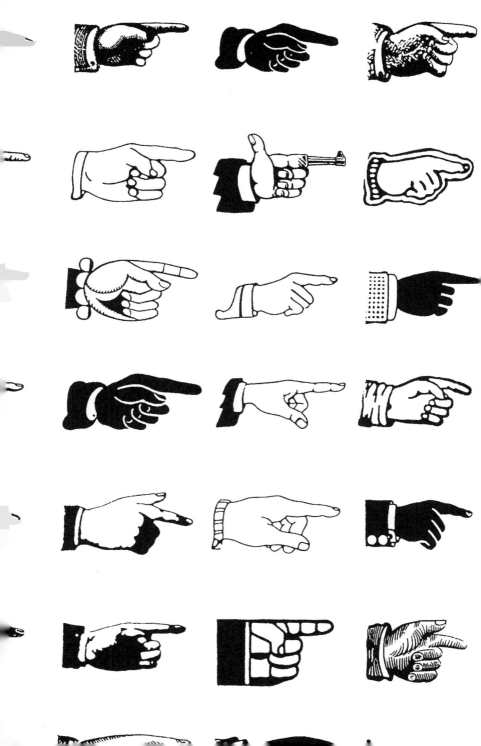

文字之所以对我们形同透明，是因为它们具有结构和目的（它们是能指），还因为我们阅读的动作是习惯性的。我们看多了"箭头"，就只关心它所指的方向了。

***

 Tree

 Wood; copse

 Forest

然而，实际上有一些语言正包含了所指的视觉形象：例如象形符号、象形文字。在这些语言系统中，能指的标识并不是随意决定的——它与所指具有相同的视觉特征。它就是所指物的图画。

比如我看见汉字"木"，注意到了这个字的形状，这个形状促使我去构想某种树木的形象——树干多么粗，形态如何，等等。同样，我看见"森"这个字时，它的结构让我脑中出现了一片具有相当面积的树林或是灌木丛。我把汉字当作图片来看。

（但这只是因为我不会说汉语。）

中文读者可能就不会"看见"与他们语言融为一体的这些图片，因为对他们来说，阅读中文是习以为常之事（至少别人是这样跟我解释的）。

有趣的是：一本书如果读来诘诎难通、不合习惯，它其实并不是最难引起人想象的那类书。或者换言之，在阅读艰涩的、叙事结构颠覆传统的书时，我们依然会想象我们看见了些什么。

＊＊＊

my uncle *Toby*'s story, and my own, in a tolerable straight line. Now,

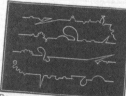

These were the four lines I moved in through my first, second, third, & fourth volumes.*—In the fifth volume I have been very good,—the precise line I have described in it being this:

By which it appears, that except at the curve, marked A. where I took a trip to *Navarre*,—and the indented curve

* Alluding to the first edition.

B. which is the short airing when I was there with the Lady *Baussiere* and her page,—I have not taken the least frisk of a digression, till *John de la Casse*'s devils led me the round you see marked D.—for as for *c c c c c* they are nothing but parentheses, and the common *ins* and *outs* incident to the lives of the greatest ministers of state; and when compared with what men have done,—or with my own transgressions at the letters A B D—they vanish into nothing.

In this last volume I have done better still—for from the end of *Le Fever*'s episode, to the beginning of my uncle *Toby*'s campaigns,—I have scarce stepped a yard out of my way.

If I mend at this rate, it is not impossible—by the good leave of his grace of *Benevento*'s devils—but I may arrive hereafter at the excellency of going on even thus;

———

which is a line drawn as straight as I could draw it, by a writing-master's ruler (borrowed for that purpose), turning neither to the right hand or to the left.

This *right line*,—the path-way for Christians to walk in! say divines—

—The *best line!* say cabbage-planters—is the shortest line, says *Archimedes*, which can be drawn from one given point to another.—

I wish your ladyships would lay this matter to heart, in your next birth-day suits!

—What a journey!

Pray can you tell me,—that is, without anger, before I

在我们阅读时，不仅字形像是箭头……

句子也

是 箭 头 >

……段落和章节也是箭头。整部小说、戏剧、故事，都是箭头。

Mon-
s t e r !
Thy silence
would incense

a flint. Will nothing loose thy tongue? Can nothing melt thee, Or shake thy dogged taciturnity? TEIRESIAS: Thou blam'st my mood and seest not thine own Wherewith thou art mated; no, thou taxest me. OEDIPUS: And who could stay his choler when he heard How insolently thou dost flout the State? TEIRESIAS: Well, it will come what will, though I be mute. OEDIPUS: Since come it must, thy duty is to tell me. TEIRESIAS: I have no more to say; storm as thou willst, And give the rein to all thy pent-up rage. OEDIPUS: Yea, I am wroth, and will not stint my words, But speak my whole mind. Thou methinks thou art he, Who planned the crime, aye, and performed it too, All save the assas-sination; and if thou Hadst not been blind, I had been sworn to boot That thou alone didst do the bloody deed. TEIRESIAS: Is it so? Then I charge thee to abide By thine own proclamation; from this day Speak not to these or me. Thou art the man, Thou the accursed polluter of this land. OEDIPUS: Vile slanderer, thou blurtest forth these taunts, And think'st forsooth as seer to go scot free. TEIRESIAS: Yea, I am free, strong in the strength of truth. OEDIPUS: Who was thy teacher? not methinks thy art. TEIRESIAS: Thou, goading me against my will to speak. OEDIPUS: What speech? repeat it and resolve my doubt. TEIRESIAS: Didst miss my sense wouldst thou goad me on? OEDIPUS: I but half caught thy meaning; say it again. TEIRESIAS: I say thou art the murderer of the man Whose murderer thou pursuest. OEDIPUS: Thou shalt rue it Twice to repeat so gross a calumny. TEIRESIAS: Must I say more to aggravate thy rage? OE-DIPUS: Say all thou wilt; it will

在我看来，剧本《俄狄浦斯王》是朝下指的
箭头。

阅读就是：透过箭头去看，越过箭头去看……或是目光短浅地、满怀希望地顺着箭头看去……

却很少有人看着箭头本身。

***

信念

我们在《到灯塔去》中读到这样的句子：

> 阳光照射到一条条钉在墙上的海藻，使它们散发出一股
> 盐分和水草的味儿……

你能闻到这气味吗？我读到这段时就想象自己闻到了。当然，我"闻到"的只是这气味的概念，而不是我的脏器感受到的味道。我们究竟能想象气味吗？我向一位神经学家提出这个问题，他专门研究大脑是如何构建"气味"的感觉的。

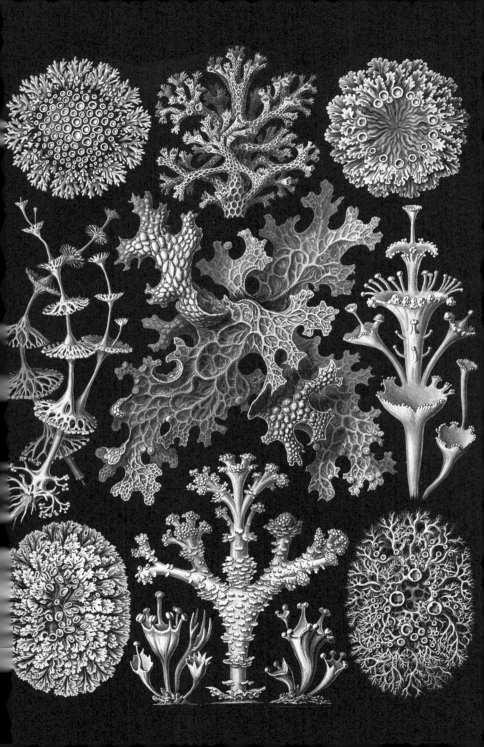

他答道：

> 我还没有遇到过有人能令人信服地宣称自己能靠意
> 念……迅速地重新唤起薄荷或者丁香花的气味。我自己
> 也不行，但我能用几乎是智力的方式努力回忆起这种体
> 验的细枝末节——而不是一种官能的体验……这是为什
> 么？我觉得那种气味……具有原始的、肉体的本质：同
> 理，你无法在脑海中创造出剧痛和瘙痒，你也丝毫感受
> 不到这些感觉。也许这是因为气味是一种原始的刺激
> 源……从某种程度上说，越是原始的知觉，对生存越是
> 至关重要。人体不想让你创造出嗅到危险、食物或者子
> 虚乌有的配偶气味的体验——采取反应要费许多工夫，所
> 以假情报有可能会惹出麻烦。

当我们想象的时候，我们所体验到的知觉是暗淡乏味的，从
而才能将幻想中的感觉与真实的线索区分开来。我们用"几
乎是智力的方式努力创造出"某种体验。

有意思的是，多数人都相信他们自己能完美无缺地想象出气味，而且是官能意义上的气味。或者说，当他们阅读的时候，他们告诉自己说他们闻到了某种气味。

（我们读了一本书——换句话说，是想象了一本书的内容——用一种完美无缺的方式。）

"盐分和水草"的气味：

我闻到的不是它们本身。我进行了通感的转化行为。"盐分和水草"这样的文字，唤起了我对待过的一座海边避暑小屋的回忆。这段体验并没有让我回想起任何味道。它只是一闪而过，留下微弱的残象。它亦真亦幻，变幻不定。它是一团极光。

那是虚无缥缈的物质组成的星云。

***

而症结在于——如果我告诉别人，我不相信他们能够（从官能上）臆造出记忆中的气味，那就冒犯了他们。我们竟不能将世界完美地复制概括，这会让人惊慌失措的。我们总难摒弃那些用来描述头脑、记忆和意识的比喻。我们总说，读一部小说就像看一场电影；记住一首歌就像身处一群听众之中；我如果说到"洋葱"你就会激动起来——好像又一下子闻到了洋葱的气味。若是告诉人们，根本不是这么一回事，的确会让他们恼怒。

***

有人可能会说："可能只是你不能凭借记忆唤起气味（或是声音），因为你的嗅觉（或是听觉）很差。"（好吧。）"而嗅觉高度发达的人兴许就能感受到官能上的香味呢——比如品酒师，或者调香师……"

一位品酒师会拥有比我更灵敏、更复杂的嗅觉反应，从而他回想气味时所用的智力框架会更完善、更全面——他能总结的气味分类会更丰富，能用以评判区分的考量标准会更详细。这种味道也许是辛香中略带果味，那种味道则是又辣又酸，万千滋味的细微之差只有他们这些专家才熟稔于心。然而，这种知识只不过是脑中搭起的一座棚架，用来挂置我们嗅觉记忆的藤蔓。

而这些藤蔓不会在我们脑中开花结果。

***

我是个视觉发达的人（至少别人这么说）。我是一个书籍装帧设计师，我的生计不仅依靠我的视觉敏感度，还依赖于我识别字里行间的视觉线索和提示的能力。可是需要想象人物、水仙花、灯塔或者迷雾时，我就像其他人一样毫无头绪。

***

也许我们在阅读时清晰地想象画面、嗅闻气味、听见声响的能力，取决于我们对自己能力的信念？相信我们能够想象，这说到底与想象本身并无二致。

我们接受这样的信念，坚信我们阅读时，
会被动地接收图像……

> 我观看，见狂风从北方刮来，随着有一朵包括闪烁火的大云，周围有光辉，从其中的火内发出好像光耀的精金。（《以西结书》1:4）

有可能阅读想象本质上就是神秘的体验——无法诉诸逻辑。这些图像仿佛是启示录，发自玄奥的本源，而非我们自身——是它们驾临我们之上。也许图像的产生是由于读者与作者之间有一种形而上的联盟；也许作者触碰到了普遍规律，进而成为了它的媒介。（也许这个过程是超自然的？）

> 既转过来，就看见七个金灯台。灯台中间有一位好像人子，身穿长衣……他的头与发皆白，如白羊毛，如雪，眼目如同火焰。（《启示录》1:12—14）

也许，认为读者即"见者"的观念、我们描述阅读体验的习惯，正源自这种传统——天赐福音、圣母领报、梦中异象、预言，还有宗教或神秘主义中的显灵……

天使、魔鬼、燃烧的荆棘、缪斯、梦境、癫痫、药物引起的幻象……

梦中的图像（杰弗雷·乔叟）：

> 我在酣熟的梦境中看见了
> 阿非利堪诺斯，他的模样
> 与西比渥和他相遇时相同
> 他走过来站在了我的床边

诗意的图像（布莱克）：

> 忽而天使降至，手持光明的钥匙
> 他打开棺木，让他们重获自由

催眠下的图像（托马斯·德·昆西）：

> 仿佛我大脑中有一座剧场豁然开启，灯火通明，夜夜华
> 彩盛典，胜过一切尘世的绝妙景象。

幻觉（莎士比亚）：

> 摆在我面前的、把柄对着我的，是一把匕首吗？

癫痫发作时的图像（陀思妥耶夫斯基）：

> 他的大脑会瞬间燃起光焰……对生存的感知、对自我的
> 意识，在那些如闪电般倏忽而过的时刻骤然剧增十倍。
> 他的头脑和心灵全然被炫目的光所淹没。[50]

梦境

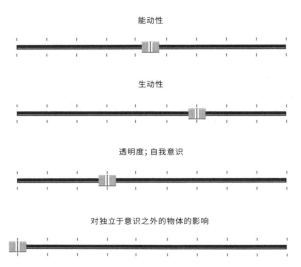

能动性

生动性

透明度；自我意识

对独立于意识之外的物体的影响

幻觉

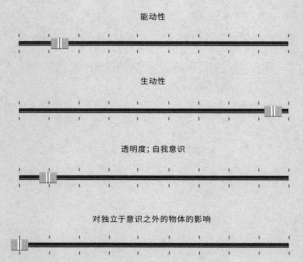

能动性

生动性

透明度；自我意识

对独立于意识之外的物体的影响

真实知觉

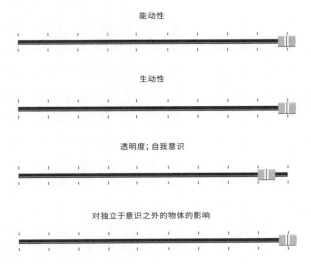

能动性

生动性

透明度；自我意识

对独立于意识之外的物体的影响

阅读想象

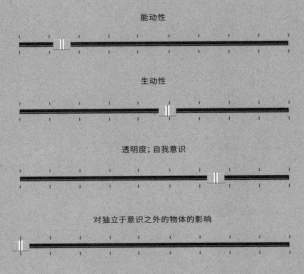

能动性

生动性

透明度；自我意识

对独立于意识之外的物体的影响

文学中的图像能否像宗教中的显灵，或是柏拉图式的真理一样，比现象的现实更实在？它们是否指向了更深层次的真实性？（抑或，它们通过模仿世界，指向了这个世界的不真实性？）

模型

Ceci n'est pas la pipe du Stubb

这不是斯塔布的烟斗

当我们读到某个地点、某个人物的时候，我们会将它们与周遭实体的整体分离开来，我们会辨别它们，我们会把它们从未经区分的事物中切割出来。想象一下斯塔布的烟斗，或者阿喀琉斯的盾牌。（这件东西与众不同：它并非亚哈的假肢，也不是赫克托尔的头盔。）接着我们在脑中形成了对它的描绘：这个烟斗是这样的，而不是那样的。我们描绘它，是便于记住，并能操控对这个烟斗的记忆，这样信息就能被反复利用。这种描绘是某种模型，因此我们读者也是模型的制造者。

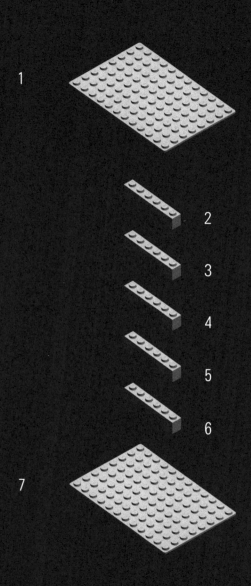

让·皮亚杰[51]告诉我们，思想就是"心理表征"。

然而是哪种表征呢？密码？符号？文字？命题？图像？

＊＊＊

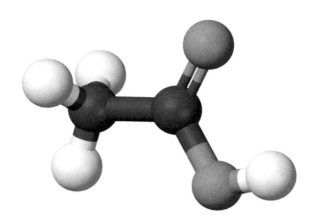

$$\Rightarrow x^2 + px + q = 0 \qquad W = \int_{s_1}^{s_2} F(s) \cdot \cos\alpha \, ds \qquad v = \frac{ds}{dt}$$

$$\Rightarrow x_{1/2} = -\frac{p}{2} \pm \sqrt{\left(\frac{p}{2}\right)^2 - q} \qquad \tanh x = \frac{e^x - e^{-x}}{e^x + e^{+x}} \qquad \theta = \underline{I} \cdot \underline{N}$$

$$f_r = \frac{1}{2\pi} \cdot \frac{1}{\sqrt{LC}} \; ; \; \omega = 2\pi f_r \qquad u_c = U\left(1 - e^{-t/RC}\right) \qquad C + O_2 \rightarrow CO_2$$

$$4\,Fe\,S_2 + 11\,O_2 \rightarrow 2\,Fe_2\,O_3 + 8\,SO_4$$

$$-\frac{d}{dt}\int_A B\,dA = \oint_L E'\,dl = -\int_A \left(\frac{\partial B}{\partial t} + rot\,(B \times v)\right) dA \qquad \vec{z} \times \vec{y} \; ; \; \vec{z} = x$$

$$HCl + H_2O \rightleftarrows Cl^- + H_3O^+ \cdots \quad a^2 = b^2 + c^2 \cdots \rightarrow W_{rot} = \frac{1}{2} \cdot J\omega^2$$

$$V = \frac{1}{6}\pi h\left(3e_1^2 + 3e_2^2 + L^2\right) \qquad P_v = \int_{r=0}^{r_0}\int_{\vartheta=0}^{\pi} \frac{r^2}{4\theta_L} H_\vartheta H_\varphi^* \sin\vartheta \, d\vartheta \, d\varphi$$

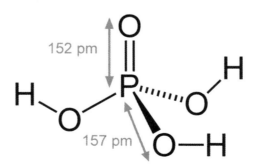

EQUOS

马

ARBOR

乔木

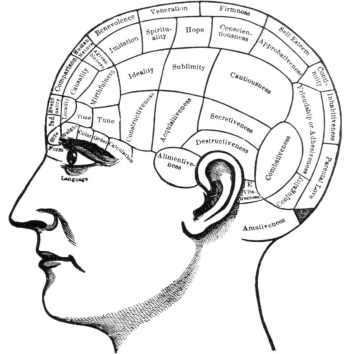

Fig. 264.—MODEL HEAD.

NAMES, NUMBERS AND LOCATION OF THE MENTAL ORGANS.

1. **AMATIVENESS.**—Connubial love, affection.
A. **CONJUGAL LOVE.**—Union for life, pairing instinct.
2. **PARENTAL LOVE.**—Care of offspring, and all young.
3. **FRIENDSHIP.**—Sociability, union of friends.
4. **INHABITIVENESS.**—Love of home and country
5. **CONTINUITY.**—Application, consecutiveness.
E. **VITATIVENESS.**—Clinging to life, tenacity, endurance.
6. **COMBATIVENESS.**—Defence, courage, criticism.
7. **DESTRUCTIVENESS.** — Executiveness, push, propelling power.
8. **ALIMENTIVENESS.**—Appetite for food, etc.
9. **ACQUISITIVENESS.**—Frugality, economy, to get.
10. **SECRETIVENESS.**—Self-control, policy, reticence.
11. **CAUTIOUSNESS.** — Guardedness, care-taking, safety.
12. **APPROBATIVENESS.**—Love of applause and display.
13. **SELF-ESTEEM.**—Self-respect, dignity, authority.
14. **FIRMNESS.**—Stability, perseverance, steadfastness.
15. **CONSCIENTIOUSNESS.**—Sense of right, justice.
16. **HOPE.**—Expectation, anticipation, perfect trust.
17. **SPIRITUALITY.**—Intuition, prescience, faith.
18. **VENERATION.**—Worship, adoration, deference.
19. **BENEVOLENCE.**—Sympathy, kindness, mercy.

20. **CONSTRUCTIVENESS.**—Ingenuity, invention, tools.
21. **IDEALITY.**—*Taste*, love of beauty, poetry and art.
B. **SUBLIMITY.**—Love of the grand, vast, magnificent.
22. **IMITATION.**—Copying, aptitude for mimicry.
23. **MIRTH.**—Fun, wit, ridicule, facetiousness.
24. **INDIVIDUALITY.**—Observation, curiosity to see.
25. **FORM.**—Memory of *shape*, looks, persons, things.
26. **SIZE.**—Measurement of quantity by the eye.
27. **WEIGHT.**—Control of motion, balancing.
28. **COLOR.**—Discernment, and love of colors, hues, tints.
29. **ORDER.**—*Method*, system, going by *rule*, arrangement.
30. **CALCULATION.**—Mental arithmetic, numbers.
31. **LOCALITY.**—Memory of place, position, travels.
32. **EVENTUALITY.**—Memory of facts, events, history.
33. **TIME.**—Telling *when*, time of day, dates, punctuality
34. **TUNE.**—Love of music, sense of harmony, singing.
35. **LANGUAGE.**—*Expression* by words, signs or acts.
36. **CAUSALITY.**—*Planning*, thinking, philosophy
37. **COMPARISON.**—Analysis, inferring, illustration.
C. **HUMAN NATURE.**—Sagacity, perception of motives.
D. **SUAVITY.**—*Pleasantness*, blandness, politeness.

当我们在脑中描绘文学人物时，我们制造出的是什么模型？灵魂吗？

我继续询问读者……我让他们描绘一个虚构的主人公（并确保只讨论他们最近刚读完或已经读了好几遍的书，这样他们阅读时形成的所有印象都会依然新鲜）。我的采访对象往往回答我这个人物的一两个特征（比如，"他是个矮个子秃头——这个我知道得很清楚"），接着就深究起人物的性格来（"他是个胆小鬼，所求不满，整天懊恼不堪"，等等）。我总得在某些时候让他们打住，提醒他们我问的只是对体貌的描述。

也就是说，一个人物长得怎样与他公认的身份是谁，这两者我们会混淆。

如此说来，我们读者就像思维倒序的颅相学家，通过心理来推断外表。

＊＊＊

一个硕大的鼻子可能意味着一颗伟大的心灵。
——埃德蒙·罗斯丹《大鼻子情圣》

勃克·穆利根（还记得他吗？它是乔伊斯的《尤利西斯》开篇出现的人物）……

我们还了解他别的方面……

他是这样的：

> 长着一张"马脸"，面色"愠怒"，身体"强壮"而且"结结实实"，浅色的头发，洁白的牙齿，"烟雾蓝"色的眼睛，"不耐烦"的脾气，偶尔的红光满面让他略显年轻，穿睡衣，穿马甲，戴巴拿马帽，皱着眉头，"满嘴甜言蜜语""粗犷有力""咧嘴大笑""站得直挺挺的""满嘴粗话""严肃得像个教长""壮实""兴高采烈""假正经""庄重肃穆"，一肚子"糖衣炮弹"……

这些形容词没一个能帮助我描绘出勃克的样子（其中有些看上去自相矛盾：比如，他既"体态壮实"，又长着"马脸"）。

形容勃克的这些词，实际上可以描绘任何人。然而是勃克出场时的修饰词——神气十足、体态壮实——定义了他，不过并不是把他看作一幅肖像。对我来说，那两个形容词为他指定了类型。

（"神气十足""体态壮实"这些词就像起的是分类的作用，因此它们对外貌特征并不作过多描述。）

小说尤其像是
一种类型学……

我注意到我们不会称赞寓言中描写的丰富性（对比之下，许多读者发现小说和故事在这方面值得称道）。在寓言中，人物是透明的泛指的类型。

在寓言和比喻中，人物与场景的扁平化——有意设置的二维卡通形象——使这种文学机制得以恰当运行。此时重要的是作品的普适性，而不是心理上的细节。确实，我们读者在读这些故事时，可以化作一只狐狸、一只老鹰、一只螳螂、一只眼蝶，或是一头牡鹿。

（在寓言中，角色和场景的程式化视觉效果是显而易见的。然而，哪怕是自然主义小说中心理活动最丰富的人物、描绘最充盈的场景，在视觉上也是——扁平的。）

游侠，丑角，疯狂科学家，邪恶小丑，武林宗师，侦探，功夫英雄，干瘪老太婆，白人猎手，老处女，宇宙纳粹，平民英雄，无邪少女，心地善良的妓女，母老虎，健忘的教授，酒馆醉鬼，南方佳丽，孤独流浪汉，放荡子，盲人预言家，无耻荡妇，乡下白痴，老百姓，火星人是不是在所有的小说类型中，所有的人物只是视觉的类型，标志着特定的类别——体形，身材，发色？……

我在读小说时却没有这种感受。好的人物让人读来与众不同，但这种与众不同纯粹关乎心理。我提过很多次，作者所透露的人物外貌信息是非常稀少的——于是很难想象这些人物之间在外表上各有不同，也很难想象他们拥有视觉上的深度。

可在某种程度上，他们似乎的确具有这些特质。

真正有意义的是"红皮肤印第安人"这种题材……如果除去他们头上的羽毛、高高的颧骨、满是穗须的裤子，把战斧换成手枪，还剩下什么？因为我想要的不是小说中即刻的悬念，而是这个悬念所从属的整个世界——雪原与雪鞋，海狸与独木舟，拱顶窝棚与漫漫征途，还有海华沙[52]这些英雄之名。
　　　　　　　　　　　　　　　　——C. S. 刘易斯《论故事》

那么人物和场景如何获得这种深度的感觉呢？语言构建出的东西如何被感受到呢？

他们在我们脑中是如何浮现成一幅完整的图景的？他们如何在视觉上成为

Whole?

整体？

部分与整体

我在读《伊利亚特》时，（这会儿我毫不惊讶地）注意到荷马很少为他的人物阿喀琉斯描绘体貌特征。我在阅读过程中所了解的阿喀琉斯很大程度上出自于推断。

幸亏（如果我没把阿喀琉斯和帕特洛克罗斯或是其他角色搞混的话）阿喀琉斯有个称号，他是个"飞毛腿"。

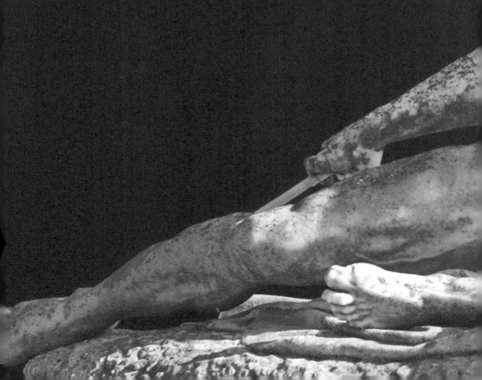

这个称号就像名牌一样。（而且荷马作品中的称号可以作为帮助读者和诗人本人记忆的手段。）雅典娜女神也有个称号：她是"灰眸女神"（glaucopis），还是"白臂女神"。而赫拉女神则是"牛眼天后"。

（我一直很喜欢这个词描绘的凶恶画面——这位女神在传说中被描绘成一个凶悍好妒的老女人角色，而这个称号为她平添了一份怜悯的心理深度。）

比起普通的描述，这些各式各样的称号更具正式性。

荷马使用的人物称号很少不具有画面感——相反，它们总是栩栩如生，因此让人印象深刻。*

＊＊＊

*举个例子，"暗酒色"的大海是什么样的？这是个饱受争论的话题。暗酒色的海面是绿色或蓝色海面被日出或日落的玫瑰色点染的样子吗？海洋对荷马来说是蓝色的吗？还是红色的？希腊人有能力分辨出蓝色吗？歌德在他的《颜色论》中提到，古希腊人定义颜色的方式并不严格："大红色（紫红色）在暖红色和蓝色之间浮动，有时偏猩红色，有时偏紫色。"那么，荷马认为大海是"暗酒色"的，难道是因为它"看上去就是那样"？或是因为用"暗酒色"正巧有助于诗人配词押韵？—— 还是因为这是个让人印象深刻的修饰语？

HELLO
MY NAME IS

Ox-eyed

大家好
我的名字叫
牛眼

"灰眸女神""牛眼天后"并不仅仅是意象化的细节。当你听到"牛眼天后赫拉"这句话时，眼前并不会浮现出一对眼皮厚厚的牛眼。

赫拉的眼睛，从某种程度上说，替代了她整个人物的特征：它们是她的一部分，而用来代指她的全部。赫拉的眼睛是我们所说的借代手法的例子。借代手法是一种修辞手法，是采用其他相关事物（或概念）的名称来称呼一件事物（或概念）。一般它们之间的联系密不可分。例如，五角大楼……

……指的是一栋建筑，然而更重要的是指驻在大楼里的美国军方领导人。这栋楼就像一个同义词，是一个相关的概念，而它成为了国防部的代名词。同样地，"白宫"一词指的是整个总统办公室的人员，而（把镜头再拉远点）"华盛顿"指的是整个美国政府。此处的具体事实（地理位置、建筑等）是更加精密复杂的概念的代称。

***

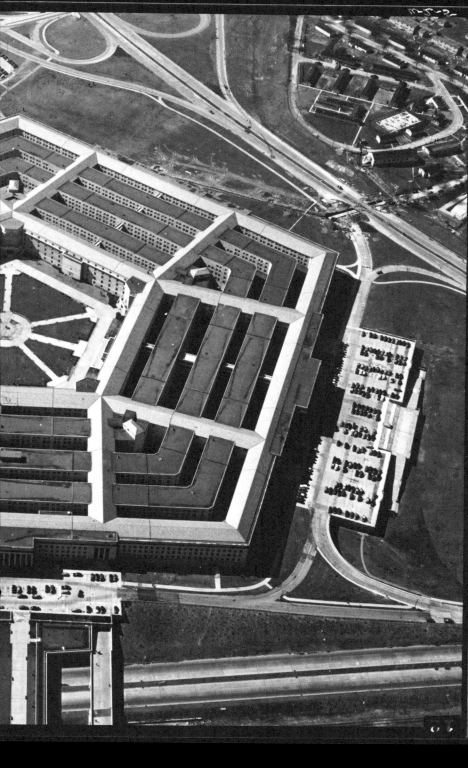

赫拉的眼睛是借代手法的一个例子……

不过更准确地说，赫拉的眼睛是提喻的一个例子——提喻是用部分来指称整体的手法。

例如，人（船员）的名称可以变成"手"……

"所有手到甲板上集合！"

或者："这辆四轮挺漂亮……"⁵³

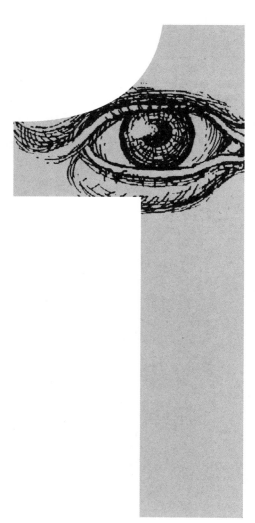

赫拉的眼睛是不可分割的原子部分，代表并从属于整个复杂分子。（我们不会把角色看作由几个部分组装而成，也不会将现实中的人作为不同成分的聚合体来看待。我们认为人物/角色是整体——是一个单子[54]。）

我认为自己是"一个"人，而不是"许多"部分。

对安娜·卡列尼娜来说，她的"闪烁的明眸"就是安娜本人，我们读者从这双眸子里捕捉到了她的只身片影。她的眼睛就像赫拉那样，是一种提喻，是她的代称。

借代就像隐喻一样，有人认为这是我们与生俱来的语言机制中的一部分——更是人类天生认知能力的根本。（我们对"以部分指代整体"关系的理解是非常重要的手段，让我们能理解世界，并运用这种理解与他人沟通。）作为具有躯体的生物，我们由实体的外貌体形组成，也就是由部分构成。生来具有躯体的我们，从而也具有了对这种提喻关系的本能而抽象的意识。

（看看你的手指甲：从一定意义上说，你和你的手指甲实为一体，但你的手指甲也是你的一部分。）

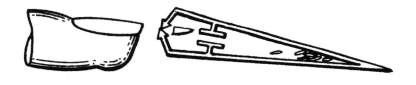

这种根据部分推断整体的能力是我们天生的基本能力，是一种条件反射。对部分与整体的结构关系的理解，会从某种程度上帮助我们看见人物、看见叙事，如同我们在真实世界中一样，头脑和身体都能正常发挥作用。

***

将部分视作整体，这是一种替换。

隐喻和类比，就如借代手法一样，也是一种替换。

在莎士比亚的戏剧中，罗密欧将朱丽叶比作太阳，他用的是
类比（朱丽叶就像太阳），但他也让太阳的意象取代了朱丽叶
（朱丽叶就是太阳），进而他可以运用这个隐喻创造更多的信
息，理解其他的具体或抽象的人物关系。（比如，罗瑟琳就像
月亮。）于是比喻意义上的朱丽叶取代了角色意义上的"朱丽
叶"，因为人物化的朱丽叶过于复杂，在脑中容纳不下。朱
丽叶就是太阳，便又成了一个名牌。

本书中用来描述阅读体验的部分比喻

桥拱

箭头

原子

观众

极光

浴缸

桥梁

相机

烛光

卡通

开车旅行

椅子

时钟

修道院

硬币

电脑程序

指挥家

竞赛

堤坝

梦境

眼睛

眼睛（心灵之眼）

眼睑

家谱

电影

迷雾

机制

漏斗

棋盘

杯中水

眼镜

幻觉

刀

图书馆藏书

线条

锁住的房间

放大镜

地图

迷宫

隐喻本身

显微镜

建模

分子

音乐

交响乐团

心理治疗

谜团

宗教图像

河流

道路

路牌

角色扮演游戏

罗夏墨迹测验

规则手册

草图

聚焦点

课本

矢量

电子游戏

散步

墙

葡萄酒

绰号及隐喻本身都不是名字，也不是描述语。作者选择人物的哪一方面加以呈现，是非常关键的问题。这是作者进一步定义人物的手段。勃克·穆利根"神气十足、体态壮实"，是有重要的原因的。

我之前提到过，这种使用代称的技巧，可能正是我们定义（现实中的）周遭人物的方式……我们将他们的某种特征放到显眼的地方；我们把一小部分的他们置于"前景"，并充分地以小见大。（我有个朋友，当我想起他时，只看见他的那副眼镜。）

我的　　　　　朋友

于是我想知道……

我们还能有别的做法吗？

若是没有这样的工具，世界就会无时无刻不为我们呈现充斥着过于冗余繁复信息的场景，令我们寸步难行。

undantly elaborately

and informative

elaborate abundantly

elaborately

so abundantly be

informative as

nativ and crippling

to be abundantly

abund elaborately

crippling

informati and

elab elaborate a

informati be

informativ

crippling.

to be crippling to be

cripplingcripplin

一片模糊

我们所读到的世界是由片段组成的。断断续续的点，零零散散地分布着。

（我们亦如此。我们的同事，我们的伴侣，我们的父母、孩子、朋友……都是如此。）

我们通过解读来了解我们自身及周边的人，给他们冠以代称、隐喻、提喻、借代词，哪怕他们是我们在这世上最爱的人。我们通过片段和替换的概念来了解他们。

世界对我们来说是正在创作中的作品。我们将只言片语拼拼凑凑——日复一日，将它们合成在一起，才形成了我们的理解。

自始至终，我们都坚定地相信世界的整体性——这是视觉的假象。*

*图像本身，即双目视觉，就是一种假象——是合成的——我们把两只眼睛看到的不同的视图合在了一起（并减去了鼻子的部分）。

心像；
拟像；
痕迹；
碎屑；
残骸……

我们感知世界（的可辨部分）的时候，是一点一滴逐渐了解的。这些点滴是我们意识中的概念，它们由什么组成，我们不得而知，不过我们推测我们对世界的体验是已然呈现之物与我们自身贡献（我们自己的记忆、观点、癖好等）的混合体。

作家是体验的策划者。他们将世界的噪声过滤掉，从而发出最纯净的信号——他们在纷杂无序中创造出了叙事。他用书籍的形式操纵故事，并用某种不可言喻的方式统领着阅读体验。然而，不管作者为读者提供的数据资料多么纯粹——无论它们先前经过了多么费心的筛选和严密的重组——读者的大脑仍然会执行既定的任务：分析、筛查、分类。我们的大脑会把书当成世界上其他未经筛查、未经解密的信号来看待。换言之，作者写的书，到了读者手里，又复原成了一种噪声。

我们尽其所能地接纳作者的世界，与自己的材料加以混合，在阅读思维的蒸馏器中进行处理，提炼出独一无二的东西。我可以说，这就是阅读之所以"可行"的原因：阅读折射出了我们熟悉世界的过程。并不是说故事一定能告诉我们世界的真理（尽管可能的确如此），而是阅读行为无论从感觉上还是实质上而言都像是意识本身：不尽完美，有所偏重，朦胧不清，而且是共同创造的结果。

***

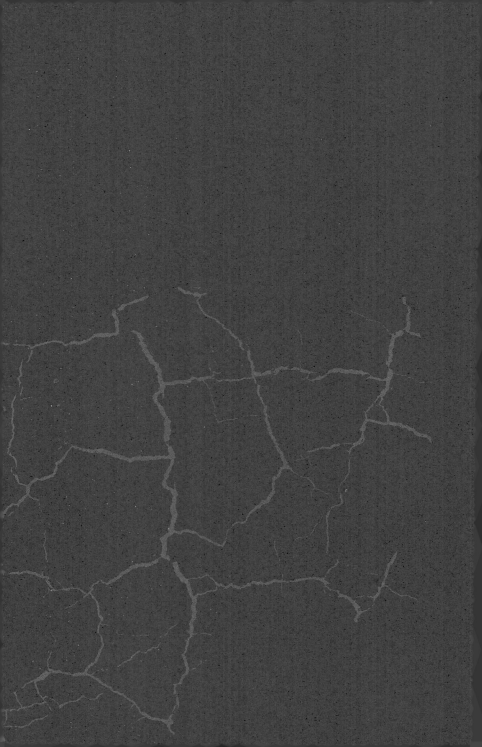

人生伟大的奥秘之一在于：世界展现在我们面前，我们便全盘接纳了它，而没有看见它的缝隙、破绽和不完美之处。

我们什么都没有错过。

再来看看《到灯塔去》。

莉丽·布里斯库在草坪上画画……

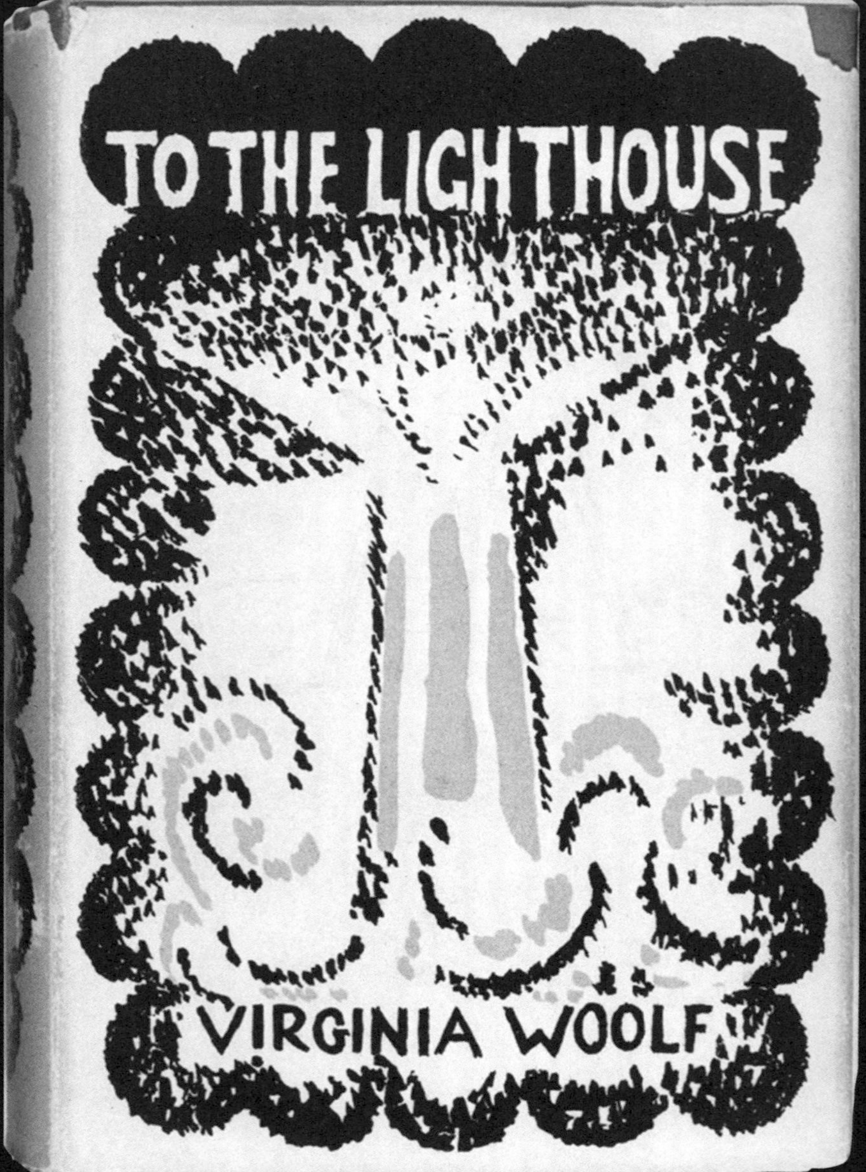
TO THE LIGHTHOUSE
VIRGINIA WOOLF

她画的这幅画，颇为抽象，那是伍尔芙对广义上的艺术创造所作的比喻——即一位作者、诗人或作曲家对这个难以拿捏的世界的重构。说得更具体些，这幅画代指的就是弗吉尼亚·伍尔芙的《到灯塔去》作品本身。

莉丽·布里斯库的绘画是如何重现拉姆齐夫人、詹姆斯、房子、窗户这些场景的?

但这幅画不是画他们两个，她说。或者说，不是他所意识到的母与子。还存在着其他的意义，其中也可以包括她对那母子俩的敬意。譬如说，通过这儿的一道阴影和那边的一片亮色来表达。她就用那种形式来表达她的敬意，如果，如她模糊地认为的那样，一幅画必须表示一种敬意的话。母与子可能被浓缩为一个阴影而毫无不敬之处。

MATES POUR LA DÉ

T ÉMERAU

NC SÉRIE P —

MINE ORAN
DÉCORATION A
FRANC & Cie —

DE CHROM
DÉCORATION
FRANC & C

NC D'AR
ARBONATE DE PL
lver white mi
emserweiss n
NC & Cie —

QUE DE GAR
ORDINAIRE
Madder lake
Krapplack

FRANC—PA

SIENNE
Burnt Sie
di Sienna
FRANC—

U DE COB
MINATE DE C
Cobalt blue
Cobaltbla
FRANC—

我们简化。

作者写作时会简化，读者阅读时也会简化。大脑天生就是用来将事物简化、转化、象征化的……逼真感只是一种虚假的偶像，也是无法企及的目标。因此我们简化。但我们的简化并非粗暴无礼，而是这恰是我们理解世界的方式，是人都会这么做。

想象故事画面就是在简化。通过简化，我们创造了意义。

这种简化正是我们所看见的世界——它们即读者之所见，亦即读世界者之所见。

它们就是阅读的模样（如果阅读有模样的话）。

***

莉丽画着画：

她正在失去对于外部事物的意识。而当她对于外部事物，
对于她的姓名、人格、外貌，对于卡迈克尔先生是否在
场都失去了意识的时候，不断地从她的心灵深处涌现出
各种景象、姓名、言论、记忆和概念，好像她用绿色和
蓝色在画布上塑造图像之时，一股出自内心的泉、水洒
满了那一片向它瞪着眼的、可怕得难以对付的、苍白的
空间……然而这就是了解人的唯一途径：只了解轮廓，
不了解细节。

了解轮廓，而非细节。

　　它就在眼前——她的那幅画。是的，包括所有那些碧绿湛蓝的色彩，纵横交错的线条，以及企图表现某种意念的内涵……她望望窗前的石阶，空无人影；她看着眼前的画布，一片模糊。

＊＊＊

一片模糊。

***

致谢

　　我要感谢许多人，最主要的有：莱西·布鲁姆、杰夫·亚历山大、彼得·特尔齐安、安妮·梅西特、本·夏坎德、格伦·库尔茨、珍妮·普奇、桑尼·梅塔、布里奇特·凯里、迈克尔·西尔弗伯格、丹·康托尔、彼得·皮泽尔、罗素·佩罗、克劳迪娅·马丁内斯、汤姆·波尔德、丹·弗兰克、芭芭拉·理查德、罗兹·帕尔、佩奇·史密斯、梅根·威尔逊、卡罗尔·卡森、托尼·奇里科、凯特·伦德、斯蒂芬·麦克纳布、海梅·德·巴勃罗斯、卢安·瓦尔特、奎因·奥尼尔、迈克·琼斯，以及 Vintage 出版社的每一位，詹妮弗·奥尔森、巴勃罗·德尔坎、奥利弗·蒙迪、卡登·韦伯、大卫·维克、马克斯·芬顿、亚瑟·丹托、华莱士·格雷；我最好的第一批读者：朱迪·门德尔桑德和丽莎·门德尔桑德，还有永远的卡拉。

　　最后，感谢各位书籍封面设计师——那群松散的艺术家同盟；出版界的附属，永久处在底层。我为成为你们的一员而倍感自豪。

图片使用许可

Saint Isaac's Cathedral in St. Petersburg © Alinari Archives/The Image Works; *Portrait of a Lady* by Franz Xaver Winterhalter/ Private Collection/Photo © Christie's Images/The Bridgeman Art Library; *Portrait of an Unknown Woman, 1883* by Ivan Nikolaevich Kramskoy; Greta Garbo as Anna Karenina © SV Bilderdienst/DIZ Muenchen/The Image Works; Greta Garbo by George Hurrell; Movie star © Ronald Grant Archive/Mary Evans/The Image Works; Man reading icon made by Freepik from Flaticon .com; Dead chicken © mhatzapa/Shutterstock; Gerry Mulligan © Bob Willoughby/Redferns/Getty Images; Carey Mulligan © Tom Belcher/Capital Pictures/Retna Ltd.; A Hubble Space Telescope image of the typical globular cluster Messier 80/NASA; Mona Lisa Paint-by-Numbers courtesy of Don Brand (Mobii); Nabokov Metamorphosis notes © Vladimir Nabokov, courtesy of the Vladimir Nabokov Archive at the Berg Collection, New York Public Library, used by permission of The Wylie Agency LLC; Drawing by Lorca © Courtesy of the Archivo de la Fundacíon Federico García Lorca; Joyce drawing courtesy of the Charles Deering McCormick Library of Special Collections, Northwestern University; Drawing of Three Women Boarding a Streetcar While Two Men Watch by William Faulkner, used by permission of W. W. Norton & Company, Inc.; Lion Tamer by Gibson & Co. courtesy the Library of Congress; Roland Barthes © Ulf Andersen/Getty Images; Nabokov novel map © Vladimir Nabokov, courtesy of the Vladimir Nabokov Archive at the Berg Collection, New York Public Library, used by permission of The Wylie Agency LLC; *The Hobbit* © The J R R Tolkien Estate Limited 1937, 1965. Reprinted by permission of HarperCollins Publisher Ltd; William Wordsworth by Edwin Edwards courtesy of The British Library; scene from *Last Year at Marienbad*, photo: The Kobal Collection at Art Resource, NY; *The Ecstasy of St. Teresa* by Gian Lorenzo Bernini courtesy of Alinari/Art Resource, NY; Pipe by Magritte © VOOK/Shutterstock; Achilles by Ernest Hester © Panagiotis Karapanagiotis/Alamy; Pentagon courtesy of the Library of Congress; Mercury Comet courtesy of Ford Images

"列文正看着被明亮的灯光照得仿佛就要从画框上走下来的人，真舍不得离开……这简直不是一幅画，而是一个活生生的美妙绝伦的女人，一头波浪形的黑发，袒露着肩膀和双臂，长着柔软细茸毛的嘴唇边上露出沉思中若有若无的微笑，一双令他心慌意乱的眼睛既威严又温柔地望着他。要说她只是一幅画，而不是活人，那只因为她比任何活人都更漂亮。"

——《安娜·卡列尼娜》

译注

1 全名为《绅士特里斯舛·项狄的生平与见解》(*The Life and Opinions of Tristram Shandy, Gentleman*),18世纪英国文学大师劳伦斯·斯特恩 (Laurence Sterne,1713—1768)的代表作之一。这是一部闻名世界的奇书。书中绝大部分是特里斯舛讲述别人,主要是他父亲和他叔叔的生平与见解,叙述的顺序则是东一榔头,西一棒槌,完全打破了按时间顺序叙事的传统程式。这在当时是史无前例的。该书出版后引起轰动。一百多年后,现代派小说兴起,有人认为是《项狄传》开了这类小说的先河,直接影响了普鲁斯特、乔伊斯、卡夫卡、伍尔芙、纳博科夫、卡尔维诺等人。

2 威廉·詹姆斯(William James,1842—1910),美国本土第一位哲学家和心理学家,美国机能主义心理学派创始人之一,也是美国最早的实验心理学家之一。

3 马修·阿诺德(Matthew Arnold,1822—1888),英国近代诗人、教育家、评论家。

4 出自莎士比亚喜剧《仲夏夜之梦》,原句:And as imagination bodies forth /The forms of things unknown, the poet's pen / Turns them to shapes and gives to airy nothing / A local habitation and a name.(想象力使人们在心中描绘出未知事物的外形,诗人的笔再使它们具有如实的形象,空虚的无物也会有了居处和名字。)

5 《霍华德庄园》,英国小说家E.M.福斯特的小说。故事发生在20世纪的英国北约克郡附近的乡间别墅——霍华德庄园。

6 后象(afterimage),心理学名词,指刺激停止后在脑中暂留的现象。最常见的是视觉后象。

7 威廉·加斯(William Gass,1924—2017),美国小说家、文学评论家。后文引语出自其文章《虚构作品中的人物概念》(The Concept of Character in Fiction,1970)。另外,卡什莫尔先生的名字 Cashmore 字面意义为"钱多",这也体现了人物的虚拟性质。

8 1956年上映的电影《白鲸记》,由约翰·休斯顿(John Huston)执导,理查德·贝斯哈特(Richard Basehart)饰以实玛利。塔斯蒂哥

428

（Tashtego）、大个儿（Dagoo）、魁魁格（Queequeg），均为《白鲸记》中的鱼叉手。

9　阈限，心理学名词，最早由法国民俗学家范·盖纳普提出。所谓阈限就是"从正常状态下的社会行为模式之中分离出来的一段时间和空间"，因此，阈限既是过程也是状态。

10　伊塔洛·卡尔维诺（Italo Calvino，1923—1985），意大利作家。引语出自其长篇小说《寒冬夜行人》。

11　勃克·穆利根（Buck Mulligan）的名字 Buck 在英文中也有"雄鹿"的意思。

12　盖瑞·穆利根（Gerry Mulligan，1927—1996），美国爵士乐萨克斯管演奏大师。

13　凯瑞·穆利根（Carey Mulligan，生于1985年），英国女演员。

14　莫里斯·梅洛－庞蒂（Maurice Merleau-Ponty，1908—1961），法国20世纪重要的哲学家，存在主义的杰出代表。引语出自其著作《知觉现象学》。

15　约翰·斯坦贝克（John Steinbeck，1902—1968），美国作家，著有小说《人鼠之间》《愤怒的葡萄》等。《甜蜜的星期四》是他"蒙特雷小说三部曲"中的一部。

16　查尔斯·狄更斯小说《远大前程》中的谜底。

17　弗拉基米尔·纳博科夫（Vladimir Nabokov，1899—1977），俄裔美籍作家、批评家、翻译家。在《文学讲稿》（*Lectures on Literature*）中他通过对卡夫卡、乔伊斯、普鲁斯特等人作品的解读，展现了自己的艺术观点。

18　马克·吐温（Mark Twain，1835—1910），美国著名幽默大师、小说家。引文出自马克·吐温的小说《哈克贝利·费恩历险记》。

19 吉尔伯特·索伦蒂诺（Gilbert Sorrentino，1929—2006），美国小说家、批评家，他的元小说作品体现了后现代主义风格。约翰·厄普代克（John Updike，1932—2009），美国小说家，著有系列小说"兔子四部曲"等大量作品。

20 让·吉奥诺（Jean Giono，1895—1970），法国作家，曾参加一战，著有《屋顶上的轻骑兵》等作品。

21 1958年诺贝尔文学奖获得者，苏联作家帕斯捷尔纳克的长篇小说《日瓦戈医生》的开头。

22 奥利弗·萨克斯（Oliver Sacks，1933—2015），英国神经学家，纽约大学医学院神经学教授，也是畅销书作家，代表作品有《幻觉》《睡人》《错把妻子当帽子》。

23 亨利·马蒂斯（Henri Matisse，1869—1954），法国野兽派画家。乔伊斯的《尤利西斯》书名取自希腊神话人物奥德修斯，而全书也与荷马史诗《奥德赛》遥相呼应。

24 选自《卡夫卡谈话录》，这是古斯塔夫·雅诺施（Gustav Janouch，1903—1968）最著名的作品，他年轻时经父亲介绍认识了卡夫卡，并记录下了与他交流的点滴。

25 马克斯·勃罗德（Max Brod，1884—1968），捷克作家，卡夫卡传记作者。他并未遵从卡夫卡要求在其死后焚毁所有作品的遗嘱，而是将它们整理出版。

26 《苏格兰领袖》（*The Scottish Chief*）是英国小说家简·波特（Jane Porter，1776—1850）著于1810年的一部描写苏格兰传奇人物威廉·华莱士的小说。海伦·玛尔（Helen Mar）是华莱士的第二任妻子。莫里斯·弗朗西斯·伊根（Maurice Francis Egan，1852—1924），美国作家、外交家。

27 贡布里希（E. H. Gombrich，1909—2001），英国艺术史学家，生于维也纳，代表作有《艺术的故事》《艺术与错觉》等。在《艺术与错觉》中，他对"纯真之眼"的概念提出了挑战。

28　语出普鲁斯特《阅读的时光》。

29　罗兰·巴特（Roland Barthes，1915—1980），法国哲学家、文学批评家。引语出自其重要论著《作者之死》，他认为应当将作者背景与作品本身剥离，避免对文本强加理解。

30　大卫·福斯特·华莱士（David Foster Wallace，1962—2008），美国当代作家。他在颇具语言实验性的长篇小说《无尽的玩笑》（*Infinite Jest*）中设想在 2002 年时美国已不存在，只有"北美联合组织"。

31　美国学者理查·佩维尔（Richard Pevear）以他与妻子拉里萨·沃洛霍斯基（Larissa Volokhonsky）合译的作品而著名，译有托尔斯泰、陀思妥耶夫斯基、契诃夫等作家的著作。

32　引语出自美国恐怖小说作家洛夫克拉夫特的作品《暗夜呢喃》（*The Whisperer in Darkness*）。

33　摩西·迈蒙尼德（Moses Maimonides，1135—1204），犹太哲学家、法学家。其哲学著作《迷途指津》（*Guide for the Perplexed*）的第一卷开篇即反对了上帝有形论。

34　Nonprogrammatic music，又称无标题音乐、绝对音乐。此类音乐只说明乐曲体式，不加标题，需听者自行领会欣赏。

35　约翰·洛克（John Locke，1632—1704），英国哲学家、经验主义开创者。引语出自其著作《人类理解论》（*An Essay Concerning Human Understanding*）。

36　作者将英文中"洞察力"一词 insight 拆解为 in（内）和 sight（视）。

37　"这本书"指英国作家、艺术评论家约翰·拉斯金（John Ruskin，1819—1900）的成名作《现代画家》（*Modern Painter*）。

38　英国浪漫派诗人威廉·华兹华斯（William Wordsworth，1770—1850）的名作《咏水仙》（I Wandered Lonely as a Cloud）。

39 阿兰·罗伯-格里耶（Alain Robbe-Grillet，1922—2008），法国"新小说派"作家，同时从事电影创作，坚持对绝对客观的"物"的追求。罗兰·巴特这段对他的评论出自其文章《客观的文学：阿兰·罗伯-格里耶》（Objective Literature: Alain Robbe-Grillet）。

40 乔治·布莱（George Poulet，1902—1991），比利时日内瓦学派批评家，著有《人类时间研究》《批评意识》等论作。他反对形式主义的文学批评，强调读者应当开放思维接纳作者的意识和思维形态。

41 手柄上的按键名称均由《白鲸记》中的事物杜撰而来。

42 俄国诗人普希金的诗体小说《叶甫盖尼·奥涅金》中的人物。

43 肯尼思·格雷厄姆（Kenneth Grahame，1859—1932），英国作家，以经典童话《柳林风声》（The Wind in the Willows）闻名于世。原文此段使用了大量的头韵，例如"gripping things with a gurgle and leaving them with a laugh"等，创造出声画的和谐。

44 伊迪丝·华顿（Edith Wharton，1862—1937），美国女作家，著有《纯真年代》等小说。

45 蒲柏（Alexander Pope，1688—1744），英国18世纪伟大的诗人，曾翻译荷马史诗。他23岁时用英雄双韵体写成的《批评论》中有许多名句已成为英语习语。

46 阿隆·科普兰（Aaron Copland，1900—1990），美国古典音乐作曲家，有《阿巴拉契亚之春》等作品。

47 朱利安·杰恩斯（Julian Jaynes，1920—1997），美国心理学家，心智二分论是其主要理论，认为古代人没有元意识，需要运用心智做出决定时，一半大脑会发出指令，而另一半大脑则听从指令。

48 摘自上海译文出版社2003年黄明嘉译本。

49 此页文字为博尔赫斯《永生》中的内容。中文摘取自浙江文艺出版社2008年王永年译本。

432

50 本页引文分别出自乔叟《众鸟之会》、布莱克《扫烟囱的小孩》、昆西
    《一个鸦片吸食者的忏悔录》、莎士比亚《麦克白》、陀思妥耶夫斯基
    《白痴》。

51 让·皮亚杰（Jean Piaget，1896—1980），认知发展心理学家。

52 海华沙（Hiawatha），美国诗人亨利·朗费罗的叙事长诗《海华沙之歌》
    中的印第安英雄。

53 英语中用"All hands on deck"表达"全体船员集合"之意；英语俚语
    中称汽车为"wheels"（车轮）。

54 单子（Monad），表示构成世界的不可再分割的基础单位的哲学概念。